MARVEL
CUENTOS DE
5
MINUTOS

El nuevo Spider-Man de la ciudad, escrito por Andy Schmidt.
Ilustrado por Aurelio Mazzara y Gaetano Petrigno.

Cosas de familia, escrito por Colin Hosten. Ilustrado por Georges Duarte.

El camino a la justicia, escrito por Andy Schmidt. Ilustrado por Eduardo Mello.

El ataque a través del portal, escrito por Calliope Glass.
Ilustrado por Aurelio Mazzara y Gaetano Petrigno.

El código de seguridad, escrito por Brandon T. Snider. Ilustrado por Eduardo Mello.

¡A toda pastilla!, escrito por Alexandra West y Calliope Glass.
Ilustrado por Cucca Vincenzo y Salvatore Di Marco.

El ingenio de Rocket, escrito por Brandon T. Snider. Ilustrado por Simone Buonfantino.

La isla de los cíborgs, escrito por Ray Caban. Ilustrado por Eduardo Mello.

Iron Man: ¡Invencible!, escrito por Andy Schmidt.
Ilustrado por Dario Brizuela y Gaetano Petrigno.

La caza de Black Panther, escrito por Jordan Lurie.
Ilustrado por Aurelio Mazzara y Gaetano Petrigno.

Señales confusas en Sapiencial, escrito por Colin Hosten.
Ilustrado por Aurelio Mazzara y Gaetano Petrigno.

Ultrón se hace viral, escrito por Calliope Glass.
Ilustrado por Cucca Vincenzo y Salvatore Di Marco.

Todas las ilustraciones están coloreadas por Anna Beliashova, Vita Efremova,
Tommaso Moscardin, Ekaterina Myshalova y Jay David Ramos.

Recopilatorio diseñado por David Roe.
Ilustración de cubierta de Eduardo Mello
Color de cubierta de Vita Efremova
Basado en los personajes y las historias de Marvel Comics.

Publicado en España por Editorial Planeta, S. A., 2020
Avda. Diagonal, 662-664, 08034 Barcelona (España)
www.planetadelibrosinfantilyjuvenil.com
www.planetadelibros.com
Primera edición: abril de 2020
ISBN: 978-84-16914-75-3
Depósito legal: B. 4.954-2020
Impreso en España

El papel utilizado para la impresión de este libro está calificado como papel ecológico
y procede de bosques gestionados de manera sostenible.

MARVEL

ÍNDICE

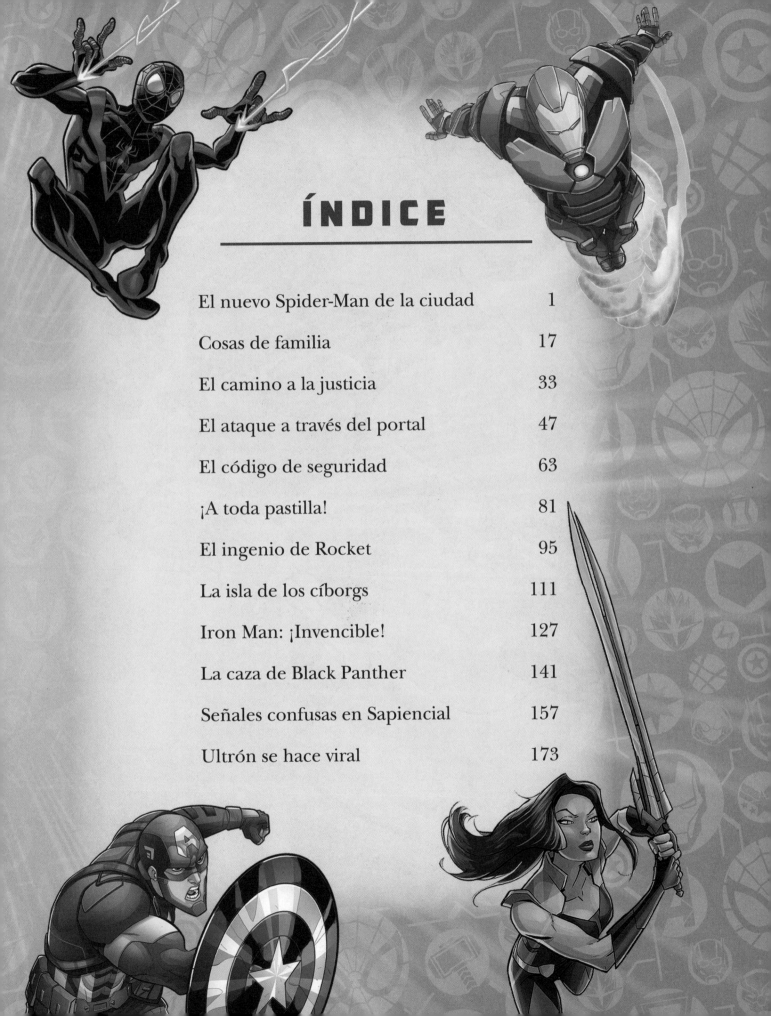

El nuevo Spider-Man de la ciudad

Miles Morales estudia en el instituto Midtown de Nueva York. Es feliz y le gustan todas las asignaturas, en especial las de ciencias. Es un joven como cualquier otro, que trabaja duro y se porta bien, pero sucedió algo que de repente cambió su vida para siempre…

En la clase de química, Miles se fijó en que su buen amigo Peter Parker se escabullía de vez en cuando del instituto. Miles empezó a sospechar y se preguntaba si Peter estaba bien o le pasaba algo.

Así pues, un día Miles decidió seguir a Peter y le vio sacar una máscara de la bolsa. No era una máscara cualquiera, ¡sino que era la máscara de Spider-Man!

Miles no se lo creía. Cuando Peter se disponía a marcharse esa tarde del instituto, Miles se dirigió a él y le preguntó:

—Oye, Peter, ¿adónde vas?

Peter le sonrió con incomodidad y le respondió:

—Pues… tengo un encargo para el *Daily Bugle*… Sí…, bueno… ¡Tengo que irme!! —Miles no se lo creyó y siguió a Peter hasta un laboratorio enorme.

En el interior del laboratorio,
Miles le perdió la pista a Peter, y no
se percató de la presencia de una
araña genéticamente modificada que
colgaba de un hilo de telaraña y se
acercaba hacia él.

—¡Ay! —gritó Miles. La araña le había picado en la mano. Miles se la sacudió de encima y supo al momento que no se trataba de una picadura cualquiera.

En vez de ponerse enfermo por la picadura, Miles se dio cuenta enseguida de que le daba poderes arácnidos.

—Tengo que descubrir lo que significa. ¿Qué cosas podré hacer? —se preguntaba mientras corría a casa.

—Piensa, piensa, piensa —se dijo Miles a sí mismo—. Si Peter es en realidad Spider-Man, ¿qué es lo que hizo? —Miles buscó artículos sobre Spider-Man—. Vale, primero adquieres poderes. Hecho. Luego, ¿qué? Te fabricas un traje y luchas contra los malos. ¡Está claro!

A continuación, Miles se hizo su propio traje de Spider-Man y salió a la calle.

—¡Puedo subir por las paredes!
—gritó Miles, mientras escalaba
por la fachada de un edificio.

Estaba disfrutando con el
descubrimiento de sus poderes,
y trepar por las paredes no era
el único.

En poco tiempo, Miles también
también vio que tenía un increíble
sentido arácnido que le prevenía
de los peligros.

—¿Qué pasa ahora? —Miles no
dejaba de oír un zumbido en la
cabeza.

Entonces, se fijó en unos ladrones
que corrían a su espalda. En un
abrir y cerrar de ojos, lo que había
empezado como un juego se
convirtió en algo que daba miedo.

Miles tenía que tomar una
decisión muy importante. ¿Debía
alejarse del peligro para mantenerse
a salvo o debía usar sus nuevos
poderes para detener a los villanos?

Miles se dio cuenta de que si iba a llamarse Spider-Man, tenía que actuar como Spider-Man.

Para su sorpresa, Peter Parker, como Spider-Man original, ya se había puesto manos a la obra. Uno de los malhechores estaba a punto de escapar, pero Miles podía ayudar.

—¡Alto ahí, cabezacasco! —le gritó—. ¡Esta carrera acaba contigo en la cárcel! —Y es que los poderes de Miles eran como los de Peter, por lo que pudo detener al ladrón con facilidad.

Hasta que no se calmó la situación, Miles no fue consciente del peligro que corría. Se encaramó a lo alto de un edificio y solo pensaba en desaparecer, que es justo lo que hizo. Vaya, ese era un poder nuevo, ¡un poder que Peter no tenía!

Miles se camufló con el entorno.

Peter Parker subió hasta donde se encontraba Miles.

—Miles, ¿eres tú? —le llamó Peter—. He reconocido tu voz. Aunque no lo creas, sé lo que estás pensando. Yo pasé por lo mismo cuando recibí mis poderes.

Miles estaba anonadado.

—¿En serio?

—Claro que sí —respondió Peter—. Mi tío Ben siempre me decía que un gran poder conlleva una gran responsabilidad.

Peter le lanzó algo de su traje.

—Toma, puedes quedarte con estos lanzatelarañas —le dijo.

—¡Caramba! ¡Qué guay! —respondió Miles mientras probaba cómo funcionaban.

Miles miró a Peter intentando averiguar qué debía hacer.

—A lo mejor puedo seguirte unos días y ver qué tal va. ¿Qué te parece?

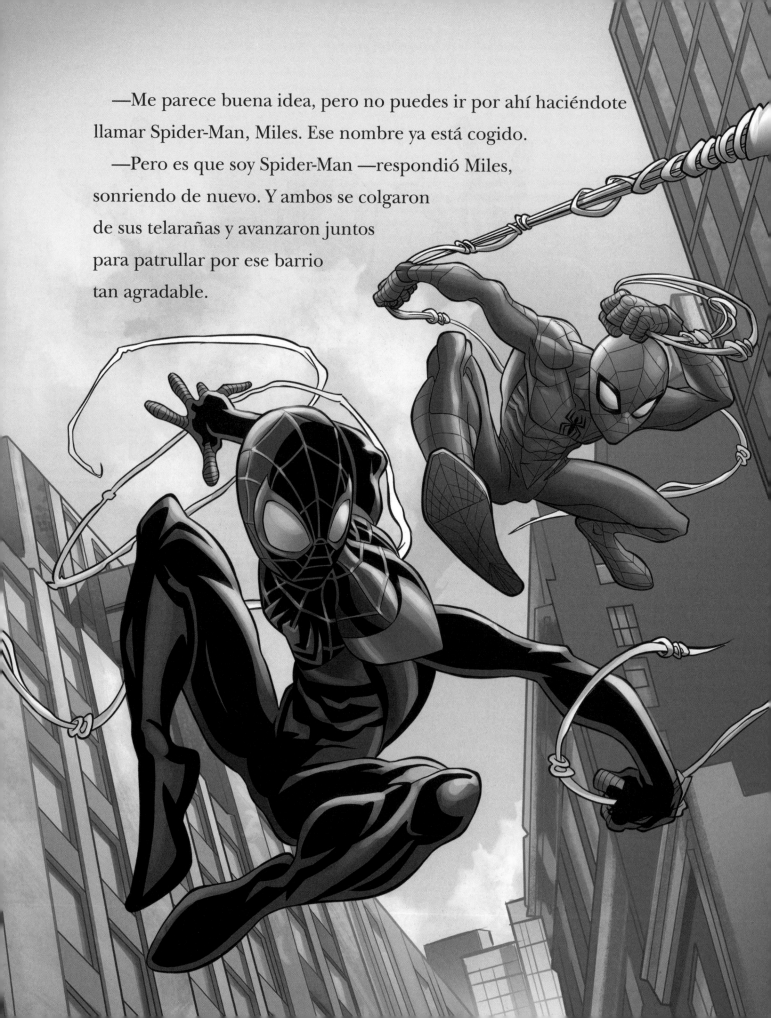

—Me parece buena idea, pero no puedes ir por ahí haciéndote llamar Spider-Man, Miles. Ese nombre ya está cogido.

—Pero es que soy Spider-Man —respondió Miles, sonriendo de nuevo. Y ambos se colgaron de sus telarañas y avanzaron juntos para patrullar por ese barrio tan agradable.

No había pasado mucho tiempo
cuando Peter los metió en un buen
apuro. Estaban rodeados de los
villanos más crueles de Nueva York.
En ese momento Miles supo…

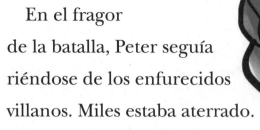

En el fragor
de la batalla, Peter seguía
riéndose de los enfurecidos
villanos. Miles estaba aterrado.

—¿Cómo puedes bromear
en mitad de una pelea? —le
preguntó a Peter—. ¿Es que no
tienes miedo?

En ese momento, Rhino agarró
a Peter por el cuello. Peter no
podía decir nada, ni bromas
ni no bromas.

Miles se dio media vuelta
y soltó su último nuevo poder;
otro que Peter no tenía. Miles
lo llamaría más adelante su
«picadura venenosa». Y con ella
consiguió dejar a Rhino fuera de
combate. ¡Peter estaba a salvo!

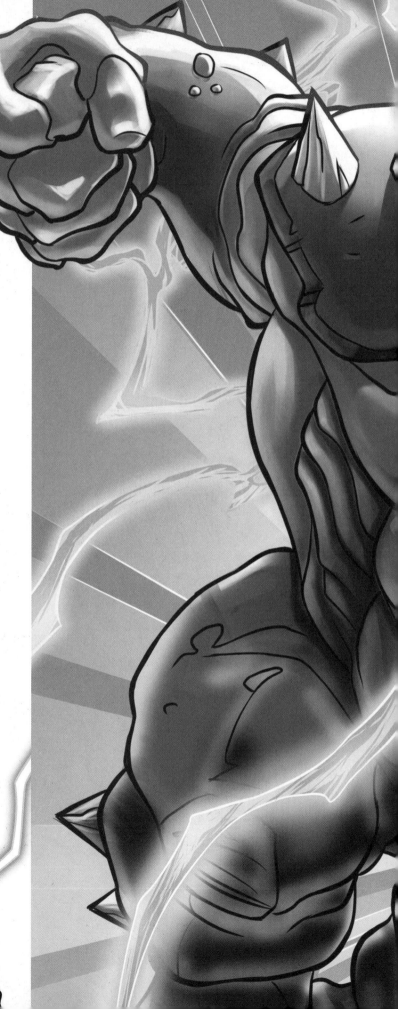

Miles y Peter envolvieron a los malhechores con algo más de tela de araña que de costumbre.

—Vale, si no piensas cambiarte el nombre, tienes que aprender a bromear —dijo Peter—. Es parte del trabajo. Prueba.

Miles se rascó la cabeza, pensando y mirando hacia los villanos recién envueltos en la pegajosa tela de araña.

—Pues parece que ahora sí que pegáis, em… maleantes —respondió.

—En fin —suspiró Peter—. Que alguien llame a un médico. A ver si así encuentras la vena humorística…

Cosas de familia

Una tranquila noche en la galaxia, los Guardianes se encontraban reunidos en la *Milano*, esperando la siguiente gran misión.

De repente, la luz que anunciaba un mensaje entrante en la nave empezó a parpadear.

—Vaya por Dios —dijo Rocket—. Nébula le ha robado un dispositivo al Cuerpo Nova, ¡y necesitan nuestra ayuda!

Gamora pensaba en su hermana adoptiva, Nébula. No podía dejar de recordar su pasado juntas y la rivalidad que apareció muy pronto en sus vidas. De niñas, Gamora y Nébula habían sido adoptadas por el supervillano más temido del universo: ¡Thanos!

Thanos había sido un padre muy duro con ellas y, para fomentar la competencia entre ambas, las obligaba a luchar una vez tras otra sin descanso.

Gamora se escapó de su malvada familia en busca de algo mejor. Se unió a Star-Lord y le siguió en sus aventuras, aunque a menudo deseaba que Nébula también se hubiera unido a ellos.

Los Guardianes entraron en
acción y partieron a bordo de
la *Milano*. Star-Lord, Rocket y
el resto del grupo siguieron las
indicaciones de Gamora para
buscar a Nébula por toda la galaxia.
No podían dejar que se escapara.
Aterrizaron en Morag, y aunque
Star-Lord se sentía algo escéptico,
Gamora tenía una corazonada.

—Si estás aquí escondida
—murmuró Gamora cuando
aterrizaron—, te encontraré.

Ya había pillado a Nébula robando en el pasado, y sabía que estaba conectada con un mercado negro subterráneo, al que se accedía por los túneles de Morag. Gamora iba a la cabeza de los Guardianes. Recorrió las calles hasta encontrar una vieja puerta de madera con unas extrañas marcas grabadas y bajó por unas escaleras rechinantes hacia la oscuridad que se abría a sus pies.

Al poco, Gamora oyó una tenue voz lejana. Más adelante, divisó un haz de luz donde acababa el túnel que conducía a una gran sala. Poco a poco se deslizó hacia la entrada.

—¿Hay alguien ahí? —se oyó preguntar a Nébula—. ¿Por qué no dejas de esconderte entre las sombras y das la cara?

Pillada. Gamora entró en la sala y se encontró con Nébula de pie en una esquina sosteniendo un dispositivo de aspecto extraño.

Era redondo y estaba cubierto de teclas y botones. Gamora pensó que podía ser algún tipo de arma.

—Vaya, Gamora —dijo Nébula—. Qué sorpresa más desagradable.

Gamora puso los ojos en blanco.

—Se ha acabado el tiempo, hermana —gruñó mientras se abalanzaba sobre Nébula. Sin embargo, Nébula pulsó un botón del dispositivo que sostenía y Gamora quedó paralizada.

Gamora observó horrorizada cómo se le inmovilizaba el brazo y su mano dejaba caer la espada. Era incapaz de reaccionar. ¡Nébula parecía controlarle el cuerpo a través del dispositivo!

—Impresionante, ¿verdad? —dijo Nébula—. En el Cuerpo Nova están haciendo cosas increíbles con la tecnología. Imagina todos los problemas que puedo ocasionar ahora.

En ese momento, Star-Lord entró en la sala.

—¡No tan rápido! ¡Si te metes con Gamora, te metes con todos nosotros!

Rocket corría detrás de Star-Lord sosteniendo un cañón enorme. A continuación, entró Drax, que miró hacia Gamora y preguntó:

—¿Por qué está ahí plantada?

—¿Yo soy Groot? —se oyó pronunciar a una voz grave. Groot avanzó pesadamente hacia la entrada.

—No, colega —le dijo Rocket—. No creo que se haya convertido en árbol.

—Muy bien —le dijo Star-Lord a Nébula—, podemos hacerlo por la vía rápida o por la vía divertida.

Nébula sonrió.

—Pues entonces vamos a divertirnos, ¿no?

Justo en ese momento, Nébula pulsó un botón del dispositivo y apuntó en dirección a los Guardianes. Todo el equipo quedó paralizado donde se encontraba. Nébula le dio la espalda a los Guardianes y, en un momento de distracción, Rocket consiguió liberar una mano y disparó el cañón, destruyendo el dispositivo del Cuerpo Nova.

Cuando el dispositivo se hizo añicos, los Guardianes quedaron
liberados del control de Nébula y movieron las extremidades
y recuperaron el poder sobre su cuerpo.

Gamora recogió su espada y se dio media vuelta para enfrentarse
a Nébula. Sin embargo, su hermana ya había emprendido la huida.

Los Guardianes siguieron a Nébula
por los túneles. Gamora fue la primera
en alcanzarla.

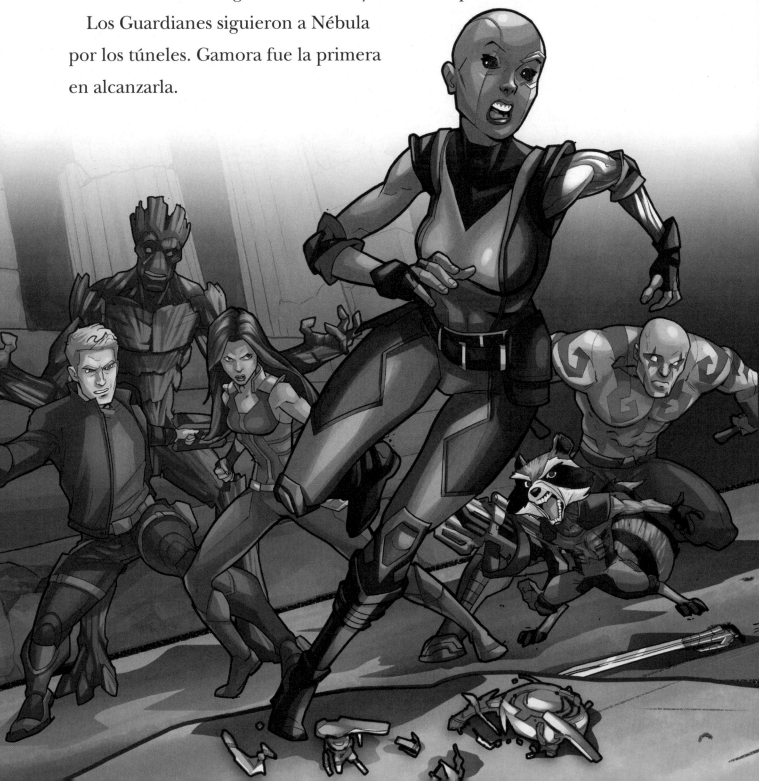

—¿Quieres que nos quedemos aquí mientras te encargas de ella?—le preguntó Star-Lord a Gamora cuando los Guardianes llegaron al lugar en el que se encontraba.

Gamora había aprendido que la familia no significa solo crecer juntos, sino también estar ahí cuando alguien te necesita.

Su verdadera familia se encontraba a su lado y necesitaba su ayuda para derrotar a su hermana adoptada.

Gamora sacudió la cabeza.

—No —respondió—. Somos un equipo. Vamos a hacer esto juntos.

El equipo asintió a Gamora y se dirigieron hacia Nébula. Con ayuda de Drax y el resto del equipo, Gamora se propulsó hacia Nébula y le asestó un buen golpe.

Los Guardianes observaron mientras Gamora le ponía las esposas a Nebula.

—Ahora eres tú la que no puede moverse, hermana —le dijo en tono burlón.

Gamora se dirigió hacia los Guardianes.

—¿Sabéis? Esto no es solo un equipo. Sois mi familia.

—Yo soy Groot —replicó Groot con orgullo.

Rocket murmuró:

—Tienes razón. Somos una familia, aunque un poco rara y desestructurada.

Gamora se echó a reír.

—No querría que fuera de ninguna otra manera.

El camino a la justicia

Cuando estalló la guerra mundial en la década de 1940, fuerzas despiadadas como HYDRA, dirigida por los malvados Cráneo Rojo, Arnim Zola y el Barón Zemo, arrasaban Europa. El mundo necesitaba un héroe que diera la cara y luchara por todas las gentes, y nadie se habría imaginado quién iba a ser…

En el barrio de Brooklyn, en la gran ciudad de Nueva York, Steve Rogers escuchaba abatido el noticiario que veía desde su butaca en el cine del barrio.

—Cada semana las noticias son peores —se dijo Steve a sí mismo—. No puedo permitir que mis amigos luchen solos.

Tenía que ayudar a detener esa marea del mal que no dejaba de crecer.

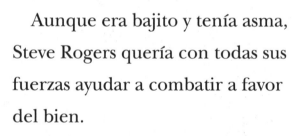

Aunque era bajito y tenía asma, Steve Rogers quería con todas sus fuerzas ayudar a combatir a favor del bien.

—Lo siento, chico —le había dicho el oficial de reclutamiento—. No puedo hacer nada. ¡SIGUIENTE!

El ejército solo veía el tamaño de Steve y su afección, pero eso no iba a detener a Steve Rogers.

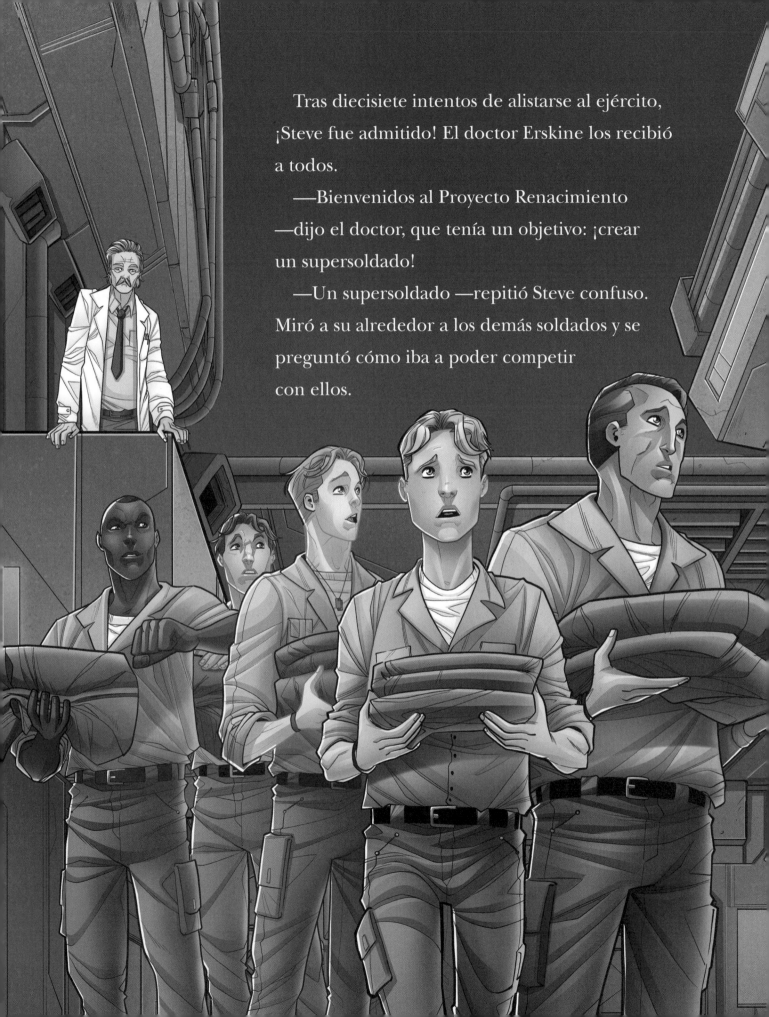

Tras diecisiete intentos de alistarse al ejército,
¡Steve fue admitido! El doctor Erskine los recibió
a todos.

—Bienvenidos al Proyecto Renacimiento
—dijo el doctor, que tenía un objetivo: ¡crear
un supersoldado!

—Un supersoldado —repitió Steve confuso.
Miró a su alrededor a los demás soldados y se
preguntó cómo iba a poder competir
con ellos.

Cuando ordenaban a los soldados recorrer distancias largas, Steve siempre llegaba el último. Cuando levantaban pesas, Steve casi no podía con las más ligeras.

Al llegar la hora de escoger a su primer candidato para someterse al protocolo de supersoldado, Steve Rogers fue el elegido por el doctor Erskine.

—Nunca te rindes, Steve. Crees firmemente en la lucha por la libertad y en proteger a los que no pueden protegerse solos —dijo Erskine—. Por eso te he elegido.

Steve se quedó observando el suero de supersoldado que le ofrecían.

—No te preocupes, Steve —le dijo el doctor Erskine—. Tras la transformación, verás que ha valido la pena.

Steve se bebió la fórmula secreta y recibió una radiación de Rayos Vita. En cuestión de segundos, la transformación se había completado, y donde antes había un canijo enclenque, ahora se alzaba el primer supersoldado del mundo. ¡Había nacido el Capitán América!

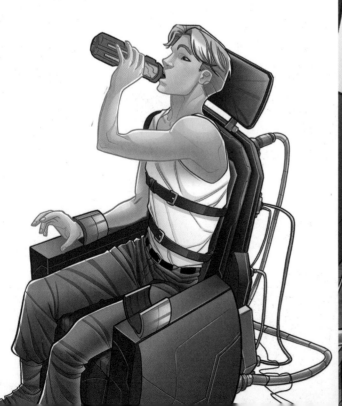

Steve no perdió el tiempo y se puso manos a la obra de inmediato para
luchar por la libertad en todo el planeta. Ayudó a modificar el rumbo
de la guerra y obligó a retroceder a las fuerzas del mal que estaban
descontroladas.

—Soldados, habéis defendido con valor el frente —dijo el Capitán
América a las tropas—. Hoy lucharé con vosotros y defenderemos con
honor nuestro país y nuestra causa. ¡Por la libertad!

Su fiel compañero Bucky Barnes se unió al Capitán América. Bucky era el más despreocupado y feliz de los dos, pero eso no significaba que no fueran los dos soldados más valientes del mundo. Juntos, lucharon contra villanos como Cráneo Rojo o Arnim Zola, ¡y los vencieron!

Al acabar la guerra, solo quedaba por capturar el Barón
Zemo. El Capitán América y Bucky atacaron el castillo familiar
de Zemo.

—Cuidado con las trampas, Bucky —le gritó el Capi.
Los dos consiguieron esquivarlas todas, pero no era tan fácil detener
a Zemo.

—Capitán, has frustrado todos mis planes, excepto uno —se burló
el Barón Zemo.

Cuando el Capitán América se disponía a atacar al Barón Zemo, este puso en marcha su plan de ataque final.

—Mi misil está cargado y apunta a Nueva York. ¡No podéis detenerlo!

El misil de Zemo despegó. El estruendo fue ensordecedor.

—¡Oh, no! —exclamó Steve—. ¡Apunta hacia mi casa!

Sin pensárselo dos veces, Steve saltó sobre el proyectil, que lo arrastró hasta lo más alto del cielo antes de empezar a sobrevolar el mar. Consiguió romper el sistema de dirección del misil, haciendo que cayera sin remedio sobre el frío mar que sobrevolaban.

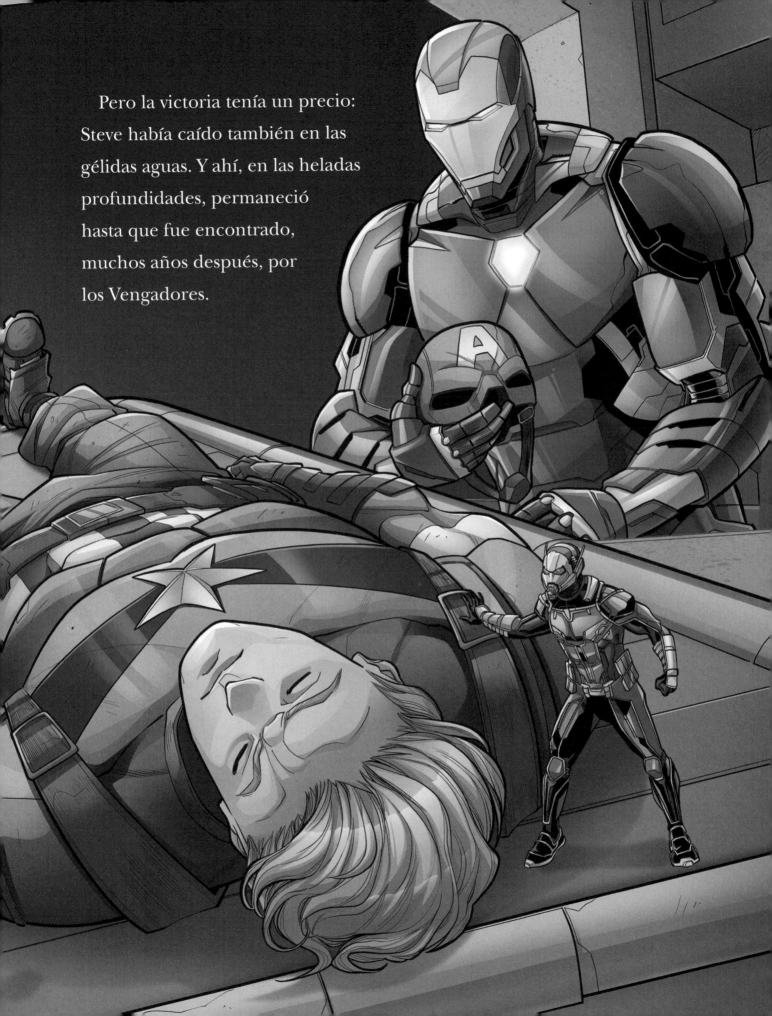

Pero la victoria tenía un precio: Steve había caído también en las gélidas aguas. Y ahí, en las heladas profundidades, permaneció hasta que fue encontrado, muchos años después, por los Vengadores.

Ahora, el Capitán América corre mil aventuras como líder de los Vengadores, pero hay algo que no ha cambiado: tras el escudo del Capitán América, Steve Rogers sigue siendo un chico de Brooklyn que siempre está del lado de la justicia.

El ataque a través del portal

¡**B**uuum! Un espantoso estruendo resonó por las calles de Nueva York. El suelo se estremeció con tanta fuerza que se dispararon las alarmas de los coches y los gatos callejeros corrieron a esconderse bajo los contenedores de basura.

Spider-Man miró hacia abajo con todo su sentido arácnido en máxima alerta. Enseguida divisó a Iron Man luchando contra un extraño villano cubierto de plumas. Era el viejo enemigo de Spider-Man: ¡el Buitre!

Spider-Man se lanzó a ayudar.

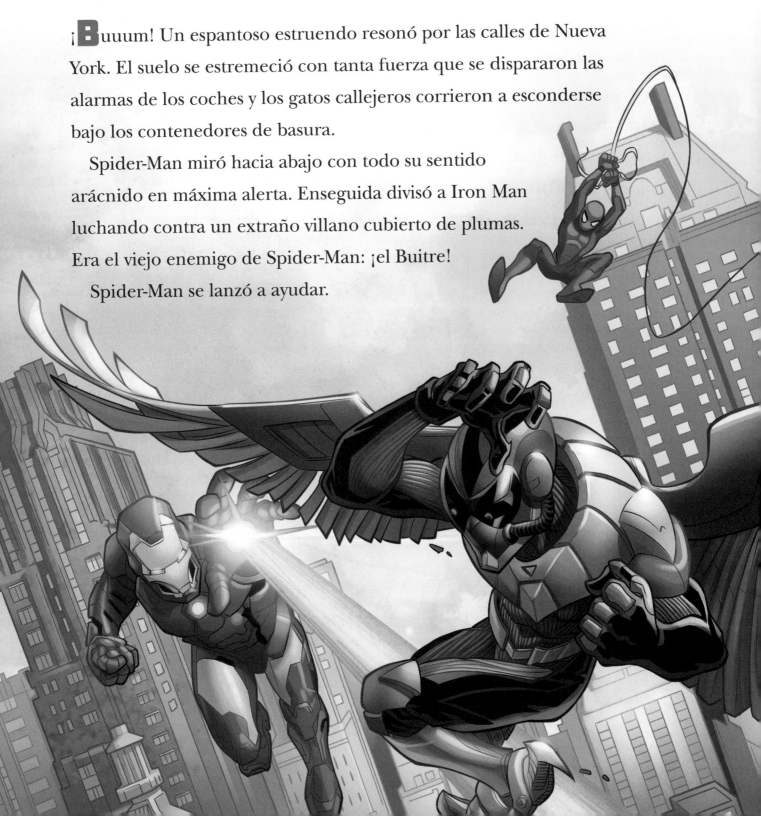

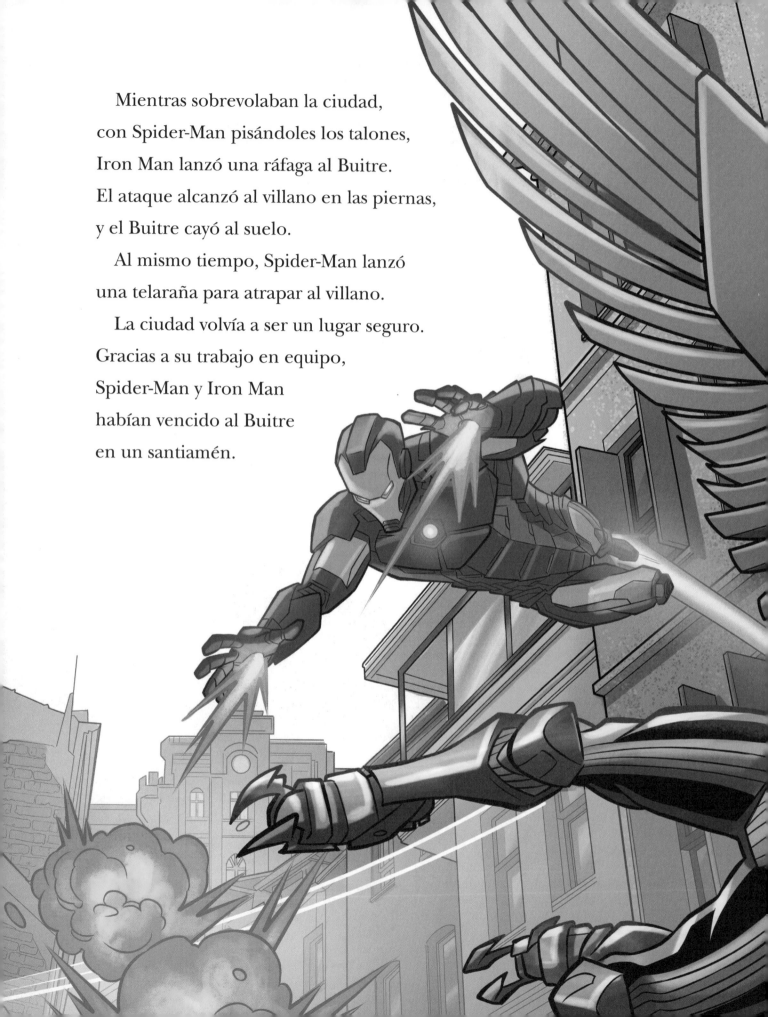

Mientras sobrevolaban la ciudad,
con Spider-Man pisándoles los talones,
Iron Man lanzó una ráfaga al Buitre.
El ataque alcanzó al villano en las piernas,
y el Buitre cayó al suelo.

Al mismo tiempo, Spider-Man lanzó
una telaraña para atrapar al villano.

La ciudad volvía a ser un lugar seguro.
Gracias a su trabajo en equipo,
Spider-Man y Iron Man
habían vencido al Buitre
en un santiamén.

—Gracias, chico —dijo Iron Man—. Hacemos un gran equipo.

—De nada, Sr. Stark —contestó Spider-Man, ruborizándose bajo la máscara. Y es que Iron Man, el millonario Tony Stark, era alguien importante.

—Por favor, el Sr. Stark era mi padre —bromeó Iron Man, que rodeó con el brazo a Spider—. Mira, las mayores victorias se han conseguido gracias a héroes que han trabajado en equipo. Como la vez que el Capi, Falcon y yo nos unimos para luchar contra HYDRA, o cuando la Viuda y Ojo de Halcón derrotaron a A.I.M. Capa y Puñal siempre ayudan al Doctor Strange a luchar contra Dormammu. Todos los héroes tienen sus puntos fuertes y sus puntos débiles.

—Bueno, yo suelo trabajar solo —explicó
Spider-Man—. Creo que todavía no me he
ganado un sitio entre los héroes de verdad.

—Necesitar un poco de ayuda no es nada
de lo que avergonzarse —le explicó Iron Man
con una sonrisa—. Nos vemos, chico.

Mientras Iron Man se alejaba volando,
Spider-Man se quedó pensando en lo guay que
eran los demás héroes y en las ganas que tenía
de demostrar su valía. Entonces se le ocurrió
algo. ¿Y si celebraba una fiesta para todos?
Se lo merecían. Al fin y al cabo, salvaban
el mundo todos los días.

Esa noche, Spider-Man volvió a casa y se quitó el traje. En casa volvía a ser el Peter Parker de siempre. Cuantas más vueltas le daba, más le gustaba la idea de celebrar una fiesta para los demás héroes. «Una gran fiesta seguro que impresiona a los Vengadores», pensaba.

Peter se puso manos a la obra rápidamente. Escribió las invitaciones para todos los superhéroes que conocía. Sabía que Central Park era el sitio perfecto para celebrar la fiesta. Pensaba preparar un pastel, y tal vez incluso una piñata. ¡Iba a ser alucinante!

Las invitaciones de Peter llegaron a todos los superhéroes famosos del mundo.

Sin embargo, una de ellas fue a parar, totalmente por accidente y a través de un agujero de gusano clandestino, justo a las manos de Thanos, el supervillano cósmico.

—¿Todos los héroes más poderosos de la Tierra en un solo lugar? —dijo Thanos, mientras leía la invitación—. ¡Es la oportunidad perfecta para destruirlos de una sola vez!

La fiesta empezó de maravilla. Peter sirvió unas magdalenas deliciosas, e incluso había fabricado una piñata con forma de Mysterio. Todo el mundo acudió y llevó cosas para la fiesta. Hulk había preparado un pastel verde. El Doctor Strange había creado un asombroso espectáculo de luces. Ojo de Halcón había preparado un juego de golpear a los topos cuando asomaban imposible de ganar, y se partía de risa al ver a un frustrado Thor golpear con su martillo sin dar una. El Capitán América y la Viuda Negra jugaban a pasarse el escudo del Capi, y Black Panther estaba ganando a Ant-Man en un juego en el que hacían diana con una imagen de Loki. ¡Todo el mundo lo estaba pasando genial!

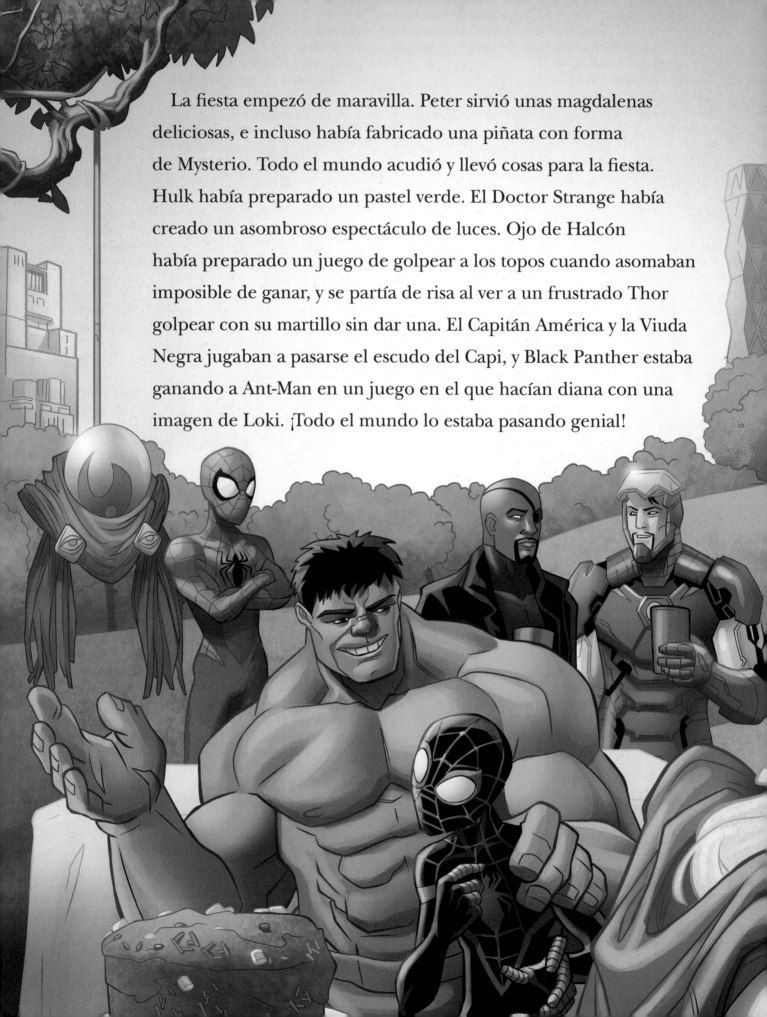

De golpe y porrazo, el cielo se oscureció como si se avecinara una tormenta. Los relámpagos atravesaban las nubes grises.

—¡Nos están atacando! —gritó el Capitán América al ver que miles de cíborgs extraterrestres se precipitaban sobre Central Park.

—¡Son los Chitauri! —gritó la Viuda Negra.

Todos los héroes pasaron a la acción.

La escena era caótica. Los mejores héroes del mundo luchaban contra
el enemigo más fiero de la galaxia. Con sus descargas electrostáticas,
la Viuda Negra neutralizó a varios cíborgs, mientras Thor se abría
camino a través de otra docena de criaturas con su martillo. Por su
parte, Iron Man y el Capitán América hacían saltar a los Chitauri en mil
pedazos. Black Panther los despedazaba con sus garras de vibranium.

Y en cuanto a Hulk… Bueno, Hulk APLASTABA.

Spider-Man observaba alucinado. Todos los héroes
eran necesarios en esta lucha ¡y eso lo incluía a él!

Así pues, se puso a luchar, lanzando telarañas
a la velocidad de la luz.

Los mejores superhéroes del mundo, incluido Spider-Man, luchaban con todas sus fuerzas, pero al cabo de poco tiempo, el curso de la batalla daba un giro.

Los cíborgs derrotados estaban desperdigados por todo el suelo.

Entonces, acompañado de un estruendo espeluznante, el cielo se abrió y apareció Thanos. A Spider-Man se le paró el corazón. Los Chitauri eran cosa mala, pero Thanos era mucho peor. El mundo estaba en graves problemas.

—¡Lo tengo! —gritó el Capitán América.

Sin embargo, Thanos había detectado el ataque del Capi y lo repelió de un golpe. Entonces Black Panther saltó hacia Thanos y le asestó una enérgica patada, pero el golpe rebotó en el pecho de Thanos. La magia del Doctor Strange no era capaz de contener al enorme villano, e incluso la flecha más afilada de Ojo de Halcón rebotaba sin causarle daño alguno. Los héroes caían derrotados uno tras otro.

Entonces Spider-Man recordó lo que le había dicho Iron Man:
«Las mayores victorias se han conseguido gracias a héroes que han
trabajado en equipo».

¡Eso era lo que necesitaban! Ninguno de ellos podía derrotar a Thanos
por su cuenta. Pero si se unían…

—¡Escuchadme todos! —gritó Spider-Man—. ¡Tenemos que
actuar juntos!

Los héroes se lanzaron todos a una, con Spider-Man a la cabeza. Cada uno de ellos aportaba su poder a la lucha.

—Tenemos que revertir el portal —se dio cuenta Spider-Man—. ¡Venga, héroes, vamos a conseguir que este Titán caiga en el olvido!

Y es que cuando los superhéroes trabajaban en equipo, ¡eran un ejército invencible!

En la batalla más encarnizada de la que había sido testigo Central Park, Spider-Man y sus heroicos amigos hicieron desaparecer a Thanos hacia una dimensión lejana del multiverso. El mundo estaba a salvo.

—¿Así que ahora me das lecciones con mis sabias palabras? —preguntó Iron Man, al tiempo que le pasaba un brazo acorazado por encima del hombro a Spider-Man—. Eres un chico muy inteligente.

—Sí, quizá incluso más que tú —respondió sonriendo Spider-Man.

—Bueno, no te emociones —replicó Iron Man.

Spider-Man se había ganado por fin su sitio entre los mejores héroes de la era, pero no lo había hecho solo. ¡Había formado equipo y había salvado el mundo!

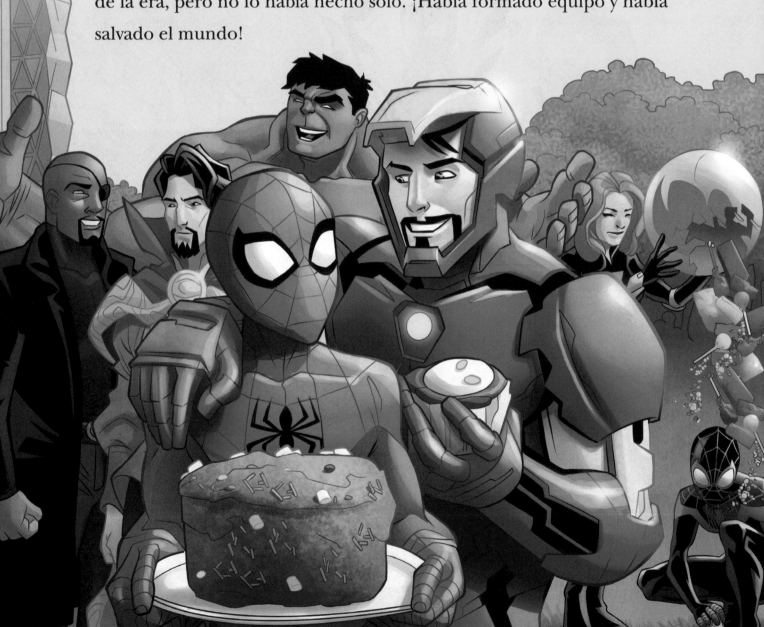

El código de seguridad

Era una noche tormentosa en la que la Viuda Negra y Ojo de Halcón llevaban a cabo una misión de alto secreto en lo más profundo de la base de HYDRA.

—Este lugar es escalofriante —dijo Ojo de Halcón—. ¿Podemos ir a comer algo después? Me muero de hambre.

—Cuanto menos tardemos en poner en un lugar seguro la memoria USB con los planos de la superarma de HYDRA, antes iremos a comer —respondió la Viuda Negra—. Tenemos que encontrarla y salir de aquí.

Para desbloquear la bóveda,
lo único que tenía que hacer
Ojo de Halcón era decir el
código secreto. Solo había un
problema… Se le había olvidado.

—Venga, compañero —le dijo
la Viuda Negra—. No tenemos
mucho tiempo.

Ojo de Halcón había
estado atento cuando
les habían dado las
instrucciones de
la misión, pero no era capaz
de recordarlo.

—Mmm… ¿Ábrete, sésamo?

—¡INCORRECTO! —contestó
el ordenador.

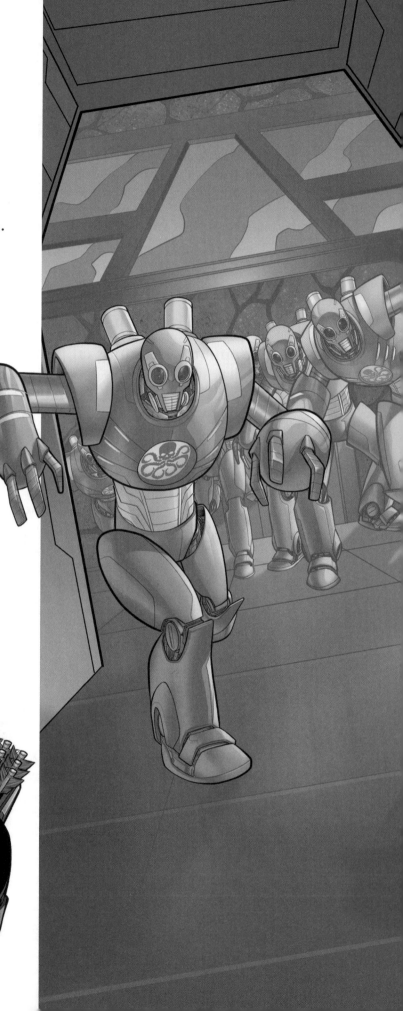

—Si no vas a tomarte en serio nuestras misiones, quizá sea mejor que nos demos un descanso como compañeros —dijo la Viuda Negra.

Ojo de Halcón no sabía muy bien qué responder.

—¡Alto! —gritó una voz. Los robots soldado de HYDRA les estaban atacando.

Antes de que Ojo de Halcón pudiera alcanzar la salida, un robot de HYDRA salió de la nada y le dio un buen golpe en la cabeza.

—¡Ay! —gritó, al tiempo que caía al suelo con un ruido sordo—. Un momento, ¿dónde estoy? ¿Quién eres? ¿Qué está pasando?

—¡¿Qué?! —exclamó la Viuda Negra—. Ojo de Halcón, no me digas que has perdido la memoria.

—¿Quién es Ojo de Halcón? —preguntó Ojo de Halcón, confundido.

Antes de que la Viuda Negra pudiera responder, los robots de HYDRA atraparon a los dos héroes y los encerraron en dos celdas separadas.

—Esto pinta mal —dijo la Viuda Negra, paseando arriba y abajo—. Tenemos que encontrar una forma de salir de aquí lo antes posible.

—Sí, estoy de acuerdo… —respondió Ojo de Halcón, al tiempo que sacudía la cabeza—. ¿Cómo era que te llamabas?

—Yo soy la Viuda Negra y tú eres Ojo de Halcón. Somos los Vengadores —le explicó—. ¿De verdad no recuerdas nada?

—¿Y de qué nos vengamos? —Ojo de Halcón estaba desconcertado.

La Viuda Negra le habló a su compañero de su vida como superhéroe.

Tenía la esperanza de que contarle algunas de las aventuras que habían vivido juntos le ayudaría a recuperar la memoria.

—Tú solo conseguiste impedir que Thanos destruyera el planeta —le contó—. Eso no es moco de pavo.

Ojo de Halcón se frotó la barbilla.

—Son historias geniales, pero no me suenan de nada. Lo siento, chica.

La Viuda Negra estaba desesperada.

—¿Es que no me recuerdas? ¡Soy tu compañera! —le dijo—. Cierto es que a veces discutimos, pero siempre nos cubrimos las espaldas.

En ese momento, la Viuda Negra oyó pasos de los robots guardianes.

Se estaban acercando.

La Viuda Negra trepó al techo hasta quedar totalmente oculta a la vista.

—¡Eh! ¿Dónde está? —preguntó un guardia.

¡PUMBA!

La Viuda Negra se precipitó sobre el robot y le pegó una patada en toda la cara. La cabeza del robot salió disparada.

—Esto está listo —dijo la Viuda Negra.

—¡Alucinante! —jaleó Ojo de Halcón—. Eres muy buena en estas cosas de héroe.

—Gracias. Lo sé —dijo ella poniendo los ojos en blanco—. Ahora, sígueme. —Dicho lo cual, recuperó las armas de los dos, y le entregó a Ojo de Halcón su aljaba y su arco. Después atravesaron a toda prisa la puerta abierta de las celdas.

—Este túnel nos llevará hasta el tejado —dijo la Viuda Negra—. Hay una nave de despegue vertical que podemos usar para escapar.

—¡Caramba! Sabes muy bien lo que haces —afirmó Ojo de Halcón.

La Viuda Negra seguía concentrada en lo suyo.

—Cuando lleguemos arriba, debes estar preparado para todo.

Llegaron al tejado y se encontraron otra vez rodeados de robots.

—Me estoy cansando ya de esto —gruñó la Viuda Negra.

—¿Cuál es el plan? —preguntó Ojo de Halcón.

—El plan es darles un buen meneo —respondió la Viuda Negra—.
Empieza la fiesta.

Dos de los robots de HYDRA consiguieron situarse detrás de la Viuda Negra y la sujetaron por ambos lados.

—Busca tu flecha especial con la punta roja —le dijo la Viuda Negra, mientras intentaba zafarse de los robots.

A Ojo de Halcón se le cayó la aljaba con todas las flechas.

—¡Porras! —exclamó. Buscó entre las flechas, pero no encontraba la que buscaba.

—Nos estamos quedando sin tiempo —le recordó la Viuda Negra—.

La Viuda Negra reunió todas las fuerzas que pudo y consiguió aplastar a los robots de HYDRA uno contra el otro, destruyéndolos entre una ráfaga de chispas.

Ojo de Halcón encontró la flecha con la punta roja.

—Más vale tarde que nunca, ¿verdad?

Se acercaba otro pelotón de robots.

—¡Céntrate, Ojo de Halcón! —gritó la Viuda Negra—. Eres el mejor tirador del mundo. Ya es hora de que lo recuerdes.

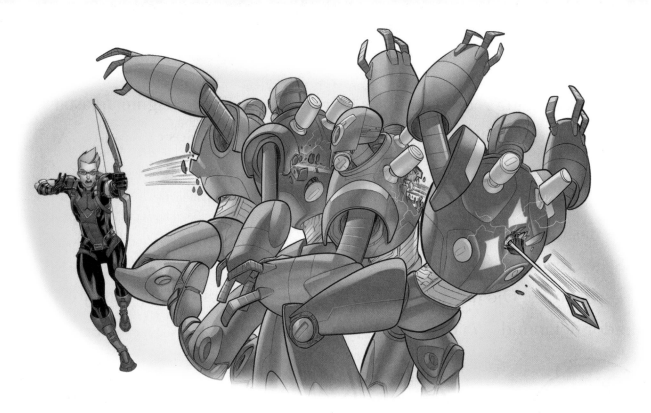

Ojo de Halcón notó una sacudida en su cerebro. ¡Por fin había recuperado la memoria! Las palabras de su compañera eran justo lo que necesitaba oír.

—Mira esto —dijo, y disparó la flecha a través de la hilera de robots como un torpedo.

—Qué bien tenerte de vuelta —añadió la Viuda Negra—. Te ha costado.

—Dímelo a mí —respondió Ojo de Halcón, sonriendo.

—He recordado algo más —exclamó Ojo de Halcón—. Es la hora de recoger la memoria USB y marcharnos. Ahora vuelvo.

—Date prisa —le dijo la Viuda Negra—. No tenemos todo el día.

Ojo de Halcón corrió a la bóveda y pronunció las palabras del código secreto. ¡La puerta se desbloqueó!

Cogió la memoria USB, volvió junto a su compañera y subió a la nave de despegue vertical con la Viuda Negra.

—¡Hora de irnos!

—¿Seguro que recuerdas cómo pilotar esta cosa? —le preguntó la Viuda Negra.

—Confía en mí —respondió Ojo de Halcón.

Los héroes se acomodaron en la nave y encendieron el motor.

¡BRRRUM!

Ojo de Halcón se dio cuenta de que no había sido el mejor compañero que habría podido ser.

—Me he equivocado, Viuda. Tú me cubrías a mí, pero yo no te he cubierto a ti —confesó—. No volverá a pasar. Tienes mi palabra.

—Gracias —respondió la Viuda Negra—. Te lo agradezco.

¡GRRR!

Un quejido repentino hizo temblar a los héroes en sus asientos.

—¿Qué ha sido eso? —preguntó la Viuda Negra—. ¿Es que uno de los robots de HYDRA se ha colado en la nave?

Ojo de Halcón se moría de vergüenza. Le rugía el estómago.

—He sido yo. Sigo teniendo hambre —dijo, riéndose—. ¿Podemos parar en el puesto de tacos más cercano? Bueno, si no te importa.

—Claro que sí —respondió la Viuda Negra—. Lo que sea por mi compañero.

MARVEL
¡A toda pastilla!

Carol Danvers se lo estaba pasando en grande mientras su avión se elevaba entre las nubes sobre un aeródromo secreto. Como experta piloto de combate de la Fuerza Aérea de los Estados Unidos, era la mejor de los mejores, lo cual no era ningún secreto.

Carol trabajaba duro para proteger a su país de cualquier tipo de amenaza. Trabajaba duro para salvar vidas y para proteger a los demás soldados, y los Estados Unidos estaban a salvo gracias a Carol Danvers.

Con el tiempo, la NASA oyó hablar de Carol Danvers y de su impresionante expediente militar. La agencia la reclutó como jefa de seguridad para proteger a los Estados Unidos de amenazas cósmicas. En su nuevo puesto, Carol aprendió que no solo los extraterrestres eran reales, sino que muchos de ellos ¡estaban decididos a destruir la Tierra!

Una de esas razas extraterrestres era la del Imperio Kree. A la NASA le preocupaba que sus interminables guerras galácticas estuvieran dejando a la Tierra vulnerable frente a ataques extraterrestres. Así que Carol invitó a los líderes de los Kree al cuartel general de la NASA. Sabía que necesitaba forjar una alianza con ellos. Estaba en juego la seguridad del planeta.

Durante las reuniones, Carol se sintió gratamente sorprendida al ver lo rápido que se estaba haciendo amiga de los dignatarios de los Kree, en concreto de su líder principal, el Capitán Mar-Vell. Sin embargo, la alegría no duraría mucho. Uno de los Kree, el malvado Yon-Rogg, no quería la paz, así que conjuró un plan.

Al amparo de la oscuridad, Yon-Rogg capturó a Carol y se la llevó junto con un poderoso dispositivo extraterrestre que había robado de la nave Kree. En poco tiempo, el Capitán Mar-Vell los encontró y lanzó un ataque épico. Durante la batalla, el dispositivo extraterrestre estalló, produciendo una explosión masiva que engulló a todo el mundo, incluso a Carol Danvers.

Como consecuencia de la explosión, Carol no sufrió ningún daño y Yon-Rogg nunca volvió a ser visto. El Capitán Mar-Vell y los demás Kree se alejaron de la Tierra para proseguir con sus guerras galácticas. Aunque la misión de paz había fracasado, Carol sabía que trabajar con los Kree había sido lo correcto.

Semanas después, Carol empezó a sentirse rara. Una noche se mareó hasta que llegó a perder el sentido.

Lo siguiente que recuerda ¡es que estaba flotando! Se sentía poderosa y era capaz de crear energía centelleante con las manos. Carol Danvers se había convertido en una superhumana. Al final acabaría siendo conocida como Capitana Marvel.

¡La explosión había despertado los superpoderes de Carol! Empezó a probarlos y descubrió que podía volar por el aire ¡solo con pensarlo! Al apretar los puños, sentía ráfagas de una potente energía de fotones. Incluso era capaz de absorber diferentes tipos de energía y usarla para aumentar sus poderosas capacidades, ya de por sí superhumanas. La Capitana Marvel se había hecho más fuerte, más rápida ¡y prácticamente indestructible!

Como superheroína, la Capitana Marvel podía hacer cosas que
solo había soñado como piloto. Surcaba los cielos, explorando
los confines del espacio y usando sus poderes para hacer el bien.
En el camino, hizo nuevos amigos… y nuevos enemigos. Pero, al final,
siempre había algo que la hacía volver a casa.

Era indudable que la formación militar de la Capitana Marvel la había convertido en la protectora más implacable de la Tierra. Tanto si se trataba de un meteorito que se precipitaba sobre la atmósfera de nuestro planeta o de una reunión de un consejo galáctico, la Capitana Marvel siempre estaba dispuesta a proteger su hogar.

Tras salvar el mundo en numerosas ocasiones, la Capitana Marvel fue reclutada para dirigir el programa espacial Alpha Flight. Este programa se creó como primera línea de defensa de la Tierra contra amenazas extraterrestres. Como teniente comandante, consiguió evitar un ataque masivo de un malvado ejército extraterrestre, los Chitauri.

Además de trabajar en Alpha Flight, la Capitana Marvel también formó equipo con otros superhéroes para defender el mundo. Uno de esos equipos eran los héroes más poderosos de la Tierra: ¡los Vengadores!

Sus misiones llevaron a la Capitana Marvel por todo el mundo y más allá hasta el cosmos. Sin embargo, una vez acabado el trabajo, la Capitana Marvel siempre volvía a su hogar en la Tierra y junto a su equipo de Alpha Flight. Tanto volando en solitario como con sus otros compañeros héroes, la Capitana Marvel era una fuerza a tener en cuenta.

El ingenio de Rocket

—¡**E**ste sitio apesta! —gritó Rocket. Tras un largo viaje, los Guardianes de la Galaxia habían llegado por fin a un extraño planeta llamado Blorf. Habían ido a recoger un paquete para uno de sus clientes. Los héroes echaron un vistazo al misterioso paisaje desde su nave espacial, la *Milano*.

Star-Lord estaba emocionado con la nueva aventura, pero Gamora ya tenía ganas de marcharse.

—Recogemos lo que hemos venido a buscar y nos vamos —dijo Gamora. Drax asintió con la cabeza.

Rocket olfateó el ambiente.

—No solo es un basurero este planeta. Nuestra nave, también —dijo con cierto malhumor—. Necesita un buen repaso.

—Bien pensado, Rocket —respondió Star-Lord—. ¿Por qué no te quedas y aprovechas para limpiar?

Una gran sonrisa se formó en el rostro de Groot. Le encantó la idea de Star-Lord.

—¡Yo soy Groot!

Mientras que Groot estaba encantado, la idea de Star-Lord no le gustó nada a Rocket.

—Pero yo quería ir con vosotros… —se quejó.

—No hay peros que valgan —respondió Star-Lord—. Alguien tiene que hacerlo. No salgas de la nave mientras estamos fuera. Nunca se sabe qué criaturas pueden rondar por aquí.

Drax sonrió mientras Rocket seguía quejándose.

—Volveremos pronto, pequeño roedor.

A Rocket no le gustaba nada que lo dejaran solo para hacer el trabajo sucio de la nave.

—Star-Lord tiene mucha cara diciéndome lo que tengo que hacer —gruñó Rocket—. ¡¿Por qué todo el mundo ha asentido y se ha olvidado de que soy un genio?!

Groot le puso la mano sobre el hombro para ayudarle a calmarse.

—Yo soy Groot —dijo con dulzura.

En ese momento Rocket tuvo una idea brillante.

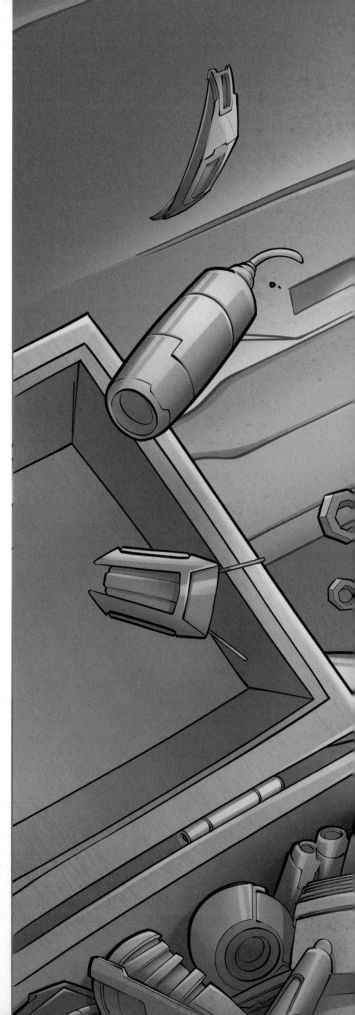

—Groot, amigo mío, tú y yo vamos a encontrar la manera de que este lugar resplandezca sin mover un dedo —dijo Rocket—. ¿Qué te parece?

Groot no estaba seguro de qué decir, así que se encogió de hombros.

—Hay un viejo robot de limpieza que podemos usar para que haga todo el trabajo —dijo Rocket, impresionado por su propia genialidad—. Está en mi caja de dispositivos científicos especiales—. Y sacó un contenedor enorme lleno de cientos de artilugios y empezó a rebuscar en su interior.

¡CATAPLUM! ¡CATAPLAM!

Groot se puso a cubierto mientras Rocket lanzaba trastos en todas direcciones.

—¡Aquí estaba mi viejo puntero láser! ¡Y este es mi juego de química Kree! ¡Y aquí está mi batidora! ¡Mira! ¡Un acelerador de termotrones en miniatura! Me preguntaba dónde había ido a parar —comentó Rocket mientras seguía rebuscando en la caja—. Uno de estos días voy a tener que organizar un mercadillo cósmico.

En poco tiempo, la *Milano* acabó con más porquería que antes.

—¡Aquí estás! ¡Ven con papá! —exclamó
Rocket, al tiempo que alcanzaba algo de la caja.
Sacó un viejo cacharro y lo levantó como si
fuera un trofeo—. ¡Mi viejo rayo modificador
de tamaños! Veamos si puedo conseguir que
funcione—. Presionó unos cuantos botones.

¡RA-TA-TÁ!

En ese momento un láser de color violeta salió
disparado del rayo modificador de tamaños
y alcanzó a Groot en la tripa, haciéndolo crecer
de golpe.

—Vaya. Creo que los ajustes están mal. Déjame
probar otra vez —dijo Rocket, que disparó de
nuevo el rayo modificador de tamaños.

¡RA-TA-TÁ!

Esta vez convirtió a Groot en un gigante.

—¡Yo soy Groot! —exclamó Groot.

Rocket se puso nervioso. Intentó con todas sus fuerzas arreglar el dispositivo estropeado.

—Creo que lo he arreglado —dijo Rocket.

El rayo modificador de tamaños volvió a dispararse.

¡RA-TA-TÁ!

Groot volvió a su tamaño normal.

Rocket dejó a un lado el rayo modificador de tamaños.

—Venga, vamos a buscar el robot de limpieza para ponernos manos a la obra.

Mientras Rocket seguía rebuscando en el contenedor, Groot abrió la puerta de un almacén y encontró al robot de limpieza justo ahí.

—¡Yo soy Groot! —exclamó.

—Vaya, quién lo diría —respondió Rocket.

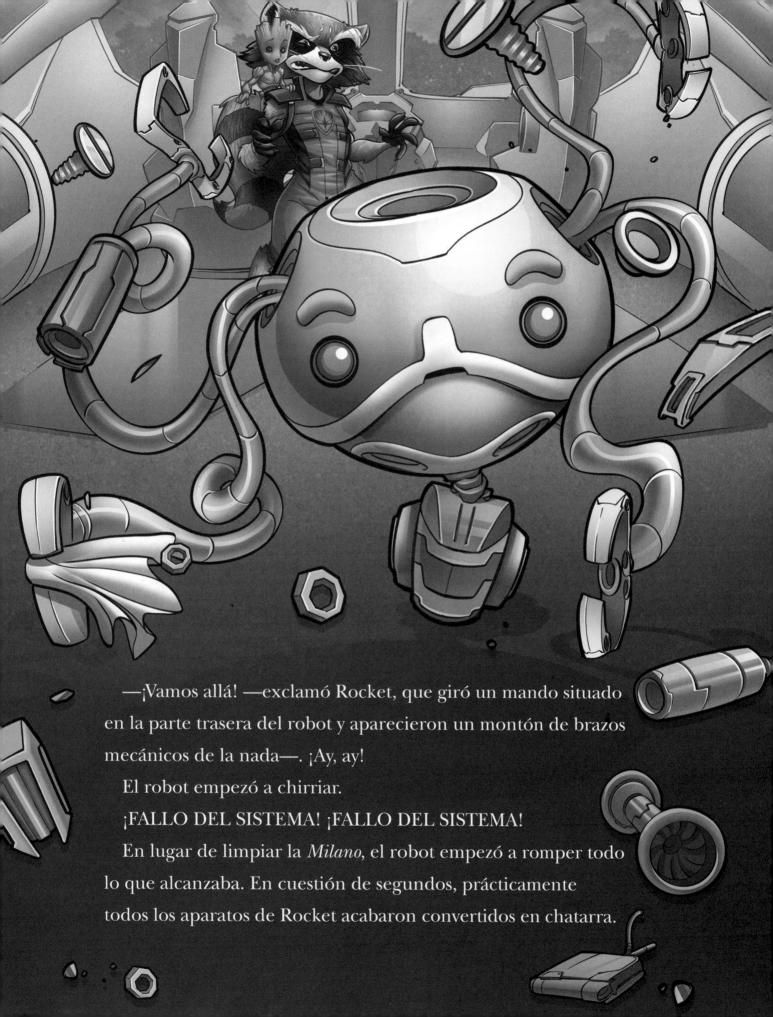

—¡Vamos allá! —exclamó Rocket, que giró un mando situado en la parte trasera del robot y aparecieron un montón de brazos mecánicos de la nada—. ¡Ay, ay!

El robot empezó a chirriar.

¡FALLO DEL SISTEMA! ¡FALLO DEL SISTEMA!

En lugar de limpiar la *Milano*, el robot empezó a romper todo lo que alcanzaba. En cuestión de segundos, prácticamente todos los aparatos de Rocket acabaron convertidos en chatarra.

Antes de que Rocket pudiera acorralar al robot loco, este abrió las compuertas de la *Milano* y salió.

—¡Ay, no! ¡No salgas! —gritó Rocket.

—¡Yo soy Groot! —exclamó Groot.

En la superficie de Blorf, el revuelo causado por el robot de limpieza atrajo a un grupo de extraterrestres con un raro aspecto de cerdo llamados Kodabaks. Mientras gruñían de emoción, los Kodabaks sacaron una red enorme, pensando en llevarse el robot a casa como mascota.

Rocket no sabía qué hacer. Por suerte, Groot tenía una propuesta.

—¡Yo soy Groot! —exclamó.

—¡Qué gran idea! ¡Gracias, compañero! —respondió Rocket, que cogió el rayo modificador de tamaños y apuntó hacia los Kodabaks—. ¿Os creéis con suerte, cerdos? Yo sí.

¡RA-TA-TÁ!

Rocket disparó la energía violeta hacia las bestias para reducirlos.

—¡Chupaos esa! —dijo con una sonrisa de satisfacción.

—¡Es mi oportunidad de salvar la situación! Tengo que actuar rápido —dijo Rocket, que, con las herramientas en la mano, saltó sobre la espalda del robot. En cuestión de segundos lo había arreglado—. ¡Listo!

El robot de limpieza barrió a los diminutos Kodabaks al interior de su papelera sin pensarlo dos veces. Luego se dirigió hacia la *Milano* más rápido que el rayo.

—¡Observa lo que hace! —gritó Rocket.

En cuestión de minutos,
el robot de limpieza limpió la
nave de arriba abajo. Incluso sacó
la basura y recicló los residuos
metálicos. Por fin Rocket podía
respirar tranquilo.

—¿Has visto eso? —preguntó—.
Limpio como una patena.

—Yo soy Groot —respondió
Groot.

Cuando Star-Lord, Gamora y Drax volvieron de la misión, se quedaron impresionados con lo limpio que estaba todo.

—Buen trabajo, Rocket —dijo Star-Lord—. La *Milano* tiene un aspecto genial.

Rocket sonrió.

—No todo el mérito es mío —dijo, alzando a Groot—. He tenido un poco de ayuda.

MARVEL
La isla de los cíborgs

El Capitán América estaba en una misión en solitario. Había desaparecido una nave cargada de material de combate de alta tecnología, y Nick Furia le había pedido ayuda para encontrarla.

El Capi introdujo las últimas coordenadas conocidas de la nave en su Quinjet y despegó. En poco tiempo, se encontró sobrevolando una isla en la que había lo que parecía ser una fortaleza abandonada. Se lanzó sobre las aguas costeras y empezó a nadar hacia tierra firme.

El Capitán América tenía la experiencia suficiente en misiones para saber que, aunque algo pareciera abandonado, en realidad no tenía por qué estarlo. Se acercó a la fortaleza de forma lenta y sigilosa.

De repente… ¡PIU! ¡PIU! ¡PIU! La playa se iluminó con cientos de ráfagas de rayos de color verde. ¡Estaban atacando al Capi!

Las poderosas ráfagas no pudieron con el escudo de vibranium
del Capitán América, pero consiguieron hacer caer a este al suelo.
Al final se detuvieron. El Capi trató de levantarse, al tiempo que
intentaba ver algo a través del polvo y los escombros.

En ese momento, divisó una forma extraña en la distancia.

A medida que la forma se acercaba, el Capitán América se dio cuenta de que era M.O.D.O.K., un ser superinteligente genéticamente modificado para destruir el mundo. Y el supervillano no estaba solo. Se encontraba rodeado de un ejército de criaturas que llevaban el material de guerra robado.

El Capi miró dos veces para fijarse mejor porque no acababa de creerse quién estaba pilotando los trajes.

—¡Monos! —exclamó—. ¡Esta sí que es buena!

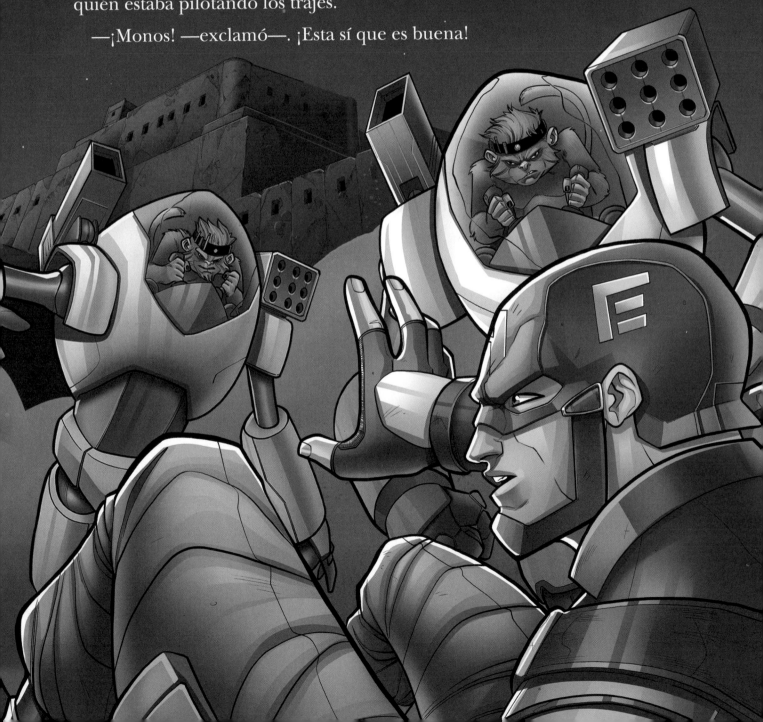

Los monos capturaron al Capitán América y lo encerraron en una celda.

—¡Tenías que salvar la situación y, en vez de eso, has acabado en primera fila, desde donde verás cómo me adueño del mundo! —se burló M.O.D.O.K.

—Dominación mundial —respondió el Capi—. Qué original. Pero ¿y los monos?

—Los primates son fáciles de controlar —respondió M.O.D.O.K.—. Y aún más fáciles de encontrar en gran número.

El Capi miró a través del ventanuco.

Para su consternación, vio miles de monos armados, listos para cumplir las órdenes de M.O.D.O.K.

El Capitán América se sentó en la celda desanimado. De todas formas,
no podía darse por vencido. ¡Tenía que luchar! Eso le dio una idea.

—¡Oye, feote! —gritó el Capi a uno de los monos cíborg que pasaba por
delante de la celda— ¡Déjame ver qué monerías haces!

El héroe empezó a golpear con los grilletes los barrotes metálicos
de la celda. El sonido retumbaba en los muros de piedra. El mono
cíborg empezó a retorcerse y encabritarse: ese ruido infernal lo estaba
volviendo loco. Se agarró con fuerza a los barrotes metálicos.

Haría lo que fuera para que el ruido parara.

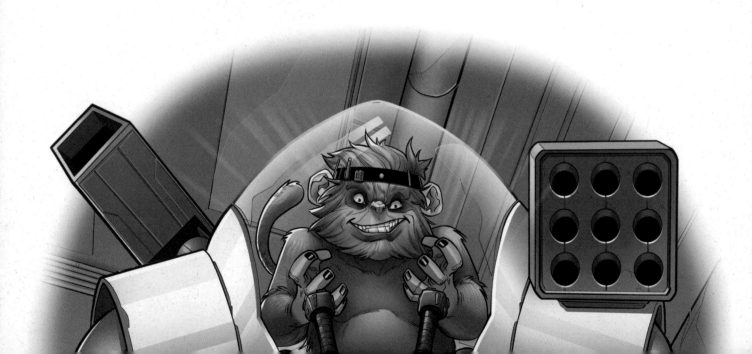

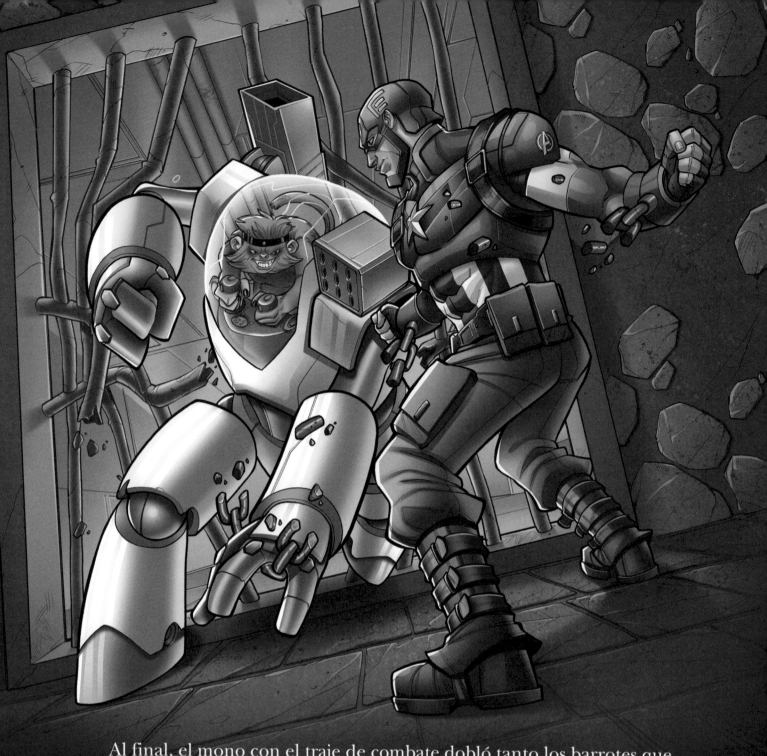

Al final, el mono con el traje de combate dobló tanto los barrotes que estos por fin cedieron y acabó dentro de la celda con el Capitán América. Acompañado de un chillido, el mono cíborg se lanzó contra el héroe.

El Capi se echó a un lado y observó mientras el cíborg agarraba los grilletes, los retorcía y los rompía en mil pedazos. ¡El plan del Capitán

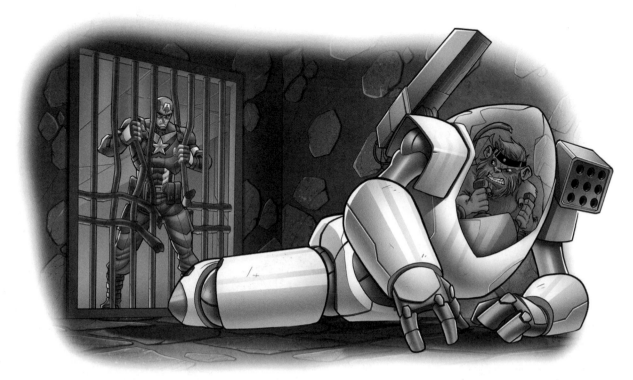

Actuando con rapidez, el Capi salió por la abertura de la celda y dobló
los barrotes, atrapando en su interior al cíborg. Después, se giró hacia el
enorme laboratorio.

—Vale, si fuera un escudo de vibranium, ¿dónde estaría?

El Capitán América encontró enseguida su escudo, pero se quedó helado
cuando una gigantesca mano se posó sobre su hombro. No era una mano
humana; era mucho más grande, pesada y fuerte.

El Capi se encontró cara a cara con un ejército de monos cíborg. Propinó un puñetazo a uno de ellos y se sorprendió cuando el traje de combate explotó. Un mono despavorido salió del traje destrozado. El Capi se dio cuenta de que el control mental de M.O.D.O.K. solo funcionaba en

los monos si estaban dentro de los trajes. De inmediato, se puso manos
a la obra para hacer pedazos todos los cíborgs del laboratorio.
Los fragmentos de los trajes de combate quedaban esparcidos por el suelo
a medida que los monos escapaban de la fortaleza sin sufrir daño alguno.

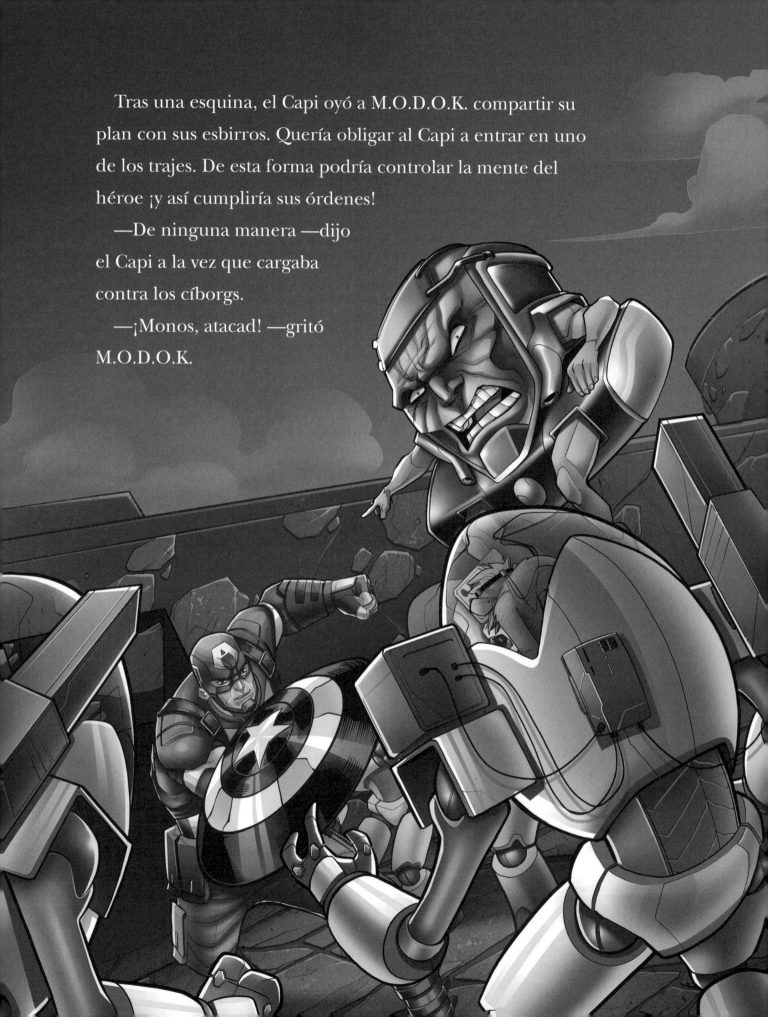

Tras una esquina, el Capi oyó a M.O.D.O.K. compartir su plan con sus esbirros. Quería obligar al Capi a entrar en uno de los trajes. De esta forma podría controlar la mente del héroe ¡y así cumpliría sus órdenes!

—De ninguna manera —dijo el Capi a la vez que cargaba contra los cíborgs.

—¡Monos, atacad! —gritó M.O.D.O.K.

El Capitán América sabía que no podía detener él solo a miles de cíborgs. Sin embargo, sí que podía detener a M.O.D.O.K., porque sabía de anteriores combates que si conseguía romper el asiento del supervillano, destruiría la conexión del control de mentes.

El héroe se abrió camino entre los monos cíborg hasta encontrar un hueco. Apuntando bien, lanzó su escudo de vibranium contra M.O.D.O.K. y el villano cayó al mar. El Capi se asomó por el muro para ver si lo veía, pero no había ni rastro de él.

El Capitán América se dispuso a liberar a los monos restantes.

Estaba rompiendo los últimos trajes cuando le llegó un mensaje.

—¿Cómo va todo? —preguntaba Nick Furia.

El Capitán América sonrió.

—Nos hemos librado de M.O.D.O.K. Al menos por ahora.

—Genial —contestó Nick—. Tengo otra misión en solitario para ti y necesito que prestes atención, soldado. ¡Ya vale de hacer el mono!

MARVEL
Iron Man: ¡Invencible!

De niño, Tony Stark soñaba con que la tecnología cambiaría el mundo para bien. Tan solo tenía diecinueve años cuando empezó a diseñar maquinaria vanguardista para la empresa de su familia, Stark Enterprises.

—Esto tiene que funcionar —decía Toni cada vez que construía un dispositivo nuevo.

Sin embargo, Tony necesitaba dinero, espacio y recursos para crearlos. El ejército de los Estados Unidos estaba encantado de proporcionarle todo lo que necesitara siempre que Tony fabricara armas mejores para sus soldados.

Un día, los mandos del ejército le pidieron a Tony, que ya era el jefe de Stark Enterprises, que enseñara a los soldados a usar sus armas para mantener a raya a las fuerzas del mal.

—Lo único que tenéis que hacer es poner las manos así, apuntar hacia los malos y sonreír de oreja a oreja porque estáis a punto de convertir el mundo en un lugar más seguro —dijo Tony a los soldados, consiguiendo una gran ovación.

Todo el agradecimiento que sentían las tropas por Tony por hacer
su trabajo más seguro, se convertía en odio entre los señores de la guerra
del otro lado de las montañas que, sin previo aviso, lanzaron un ataque.

Los soldados defendieron a Tony, pero uno de sus dispositivos explotó
y Tony salió disparado por los aires. Antes de caer al suelo, sintió un dolor
agudo en el pecho.

—¡AAAAYYY!

Lo último que Tony recuerda fue oír un fuerte pitido en el oído.

Cuando despertó, se sorprendió al ver un rostro sonriente que lo observaba.

—Soy el Dr. Ho Yinsen —dijo el dueño de la sonrisa—. Por ahora estás a salvo, pero a causa de la explosión tienes algo de metralla alojada junto al corazón.

Yinsen había creado un potente imán que atraería hacia sí la metralla para que no matara a Tony.

Tony estaba aturdido.

—Yo… Gracias, Yinsen —consiguió decir. Tony no estaba acostumbrado a dar las gracias a nadie. Sin embargo, antes de que los dos hombres pudieran seguir conociéndose, varios señores de la guerra irrumpieron en la cueva en la que estaban atrapados Tony y Yinsen.

—Stark y Ho —vociferó uno de los señores de la guerra—. Dos de los hombres más inteligentes del mundo. Construiréis armas para nosotros. Y a lo mejor os dejamos vivir a cambio. ¡Ja, ja, ja!

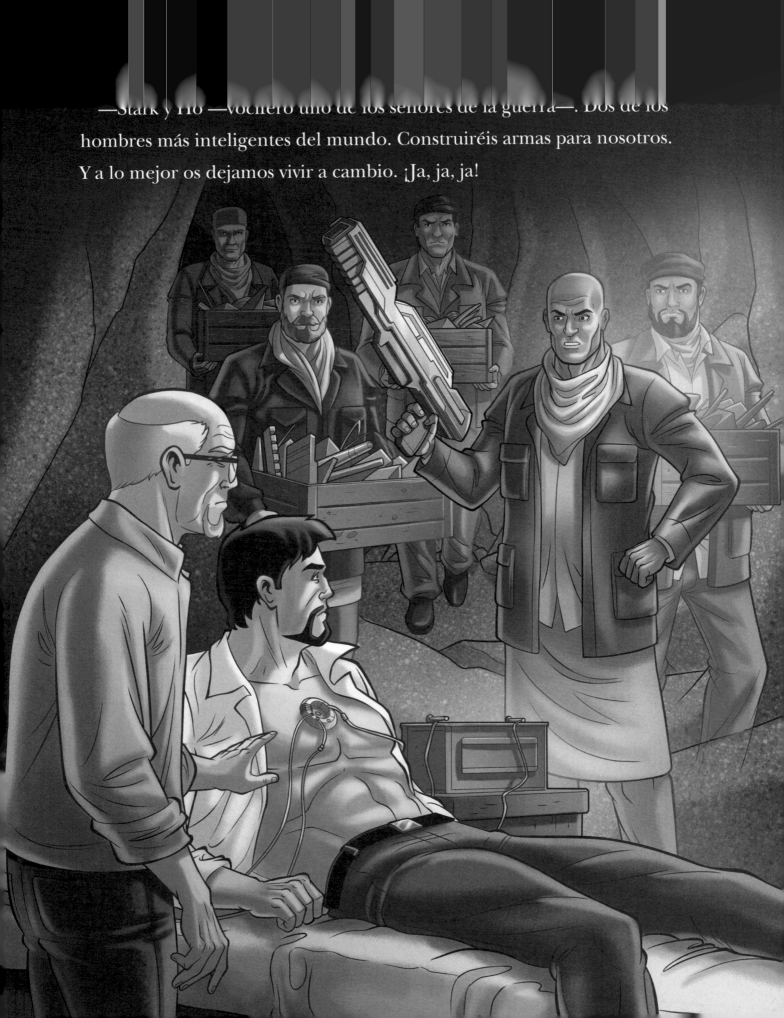

Cuando los señores de la guerra se marcharon, Tony se dirigió a Yinsen:

—¿Qué opinas? —preguntó Tony con una sonrisa—. ¿Les proporcionamos armas nuevas?

—Sí, —respondió Yinsen—. Creo que deberíamos, aunque no creo que les guste.

Se pusieron manos a la obra de inmediato, recopilando suministros entre las herramientas y el equipo que les habían llevado los señores de la guerra.

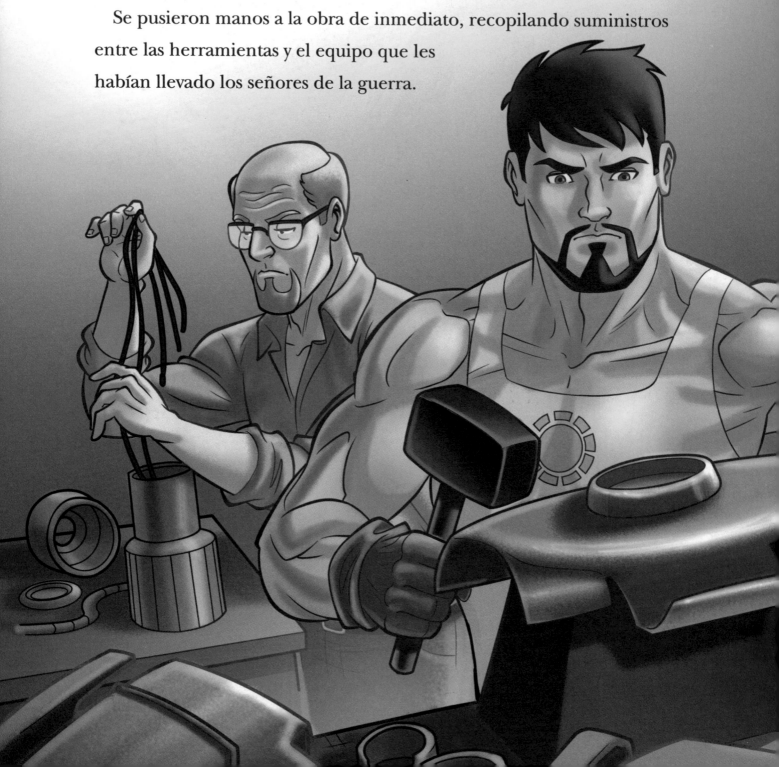

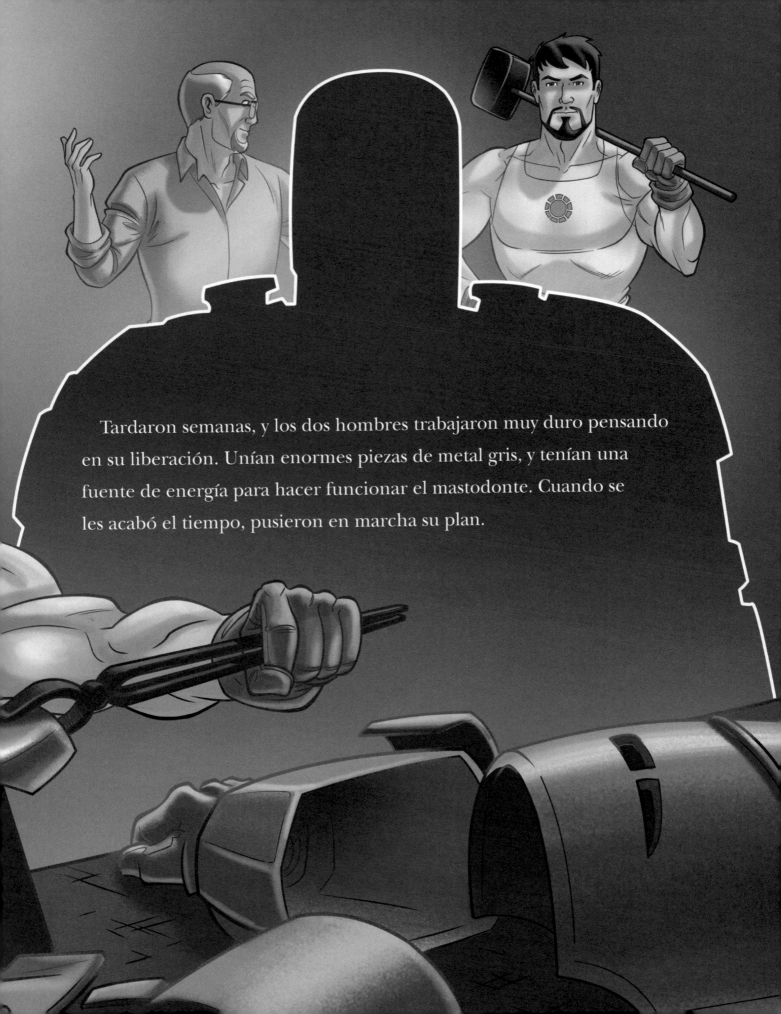

Tardaron semanas, y los dos hombres trabajaron muy duro pensando en su liberación. Unían enormes piezas de metal gris, y tenían una fuente de energía para hacer funcionar el mastodonte. Cuando se les acabó el tiempo, pusieron en marcha su plan.

Cuando oyeron que los señores de la guerra se acercaban, Tony se introdujo en su arma. No era ninguna pistola de rayos ni ningún cohete, sino que era un traje de combate de alta potencia. Yinsen se puso a cubierto mientras Tony destrozaba la puerta de la prisión y exclamaba:

—¡SOY IRON MAN!

¡Las armas de los señores de la guerra casi no hacían mella en la armadura gris!

¡Iron Man era invencible!

—¡Eh, chicos! —bromeó Tony—. Tengo algunas ideas para actualizar vuestros sistemas de armas. ¡Qué pena que las haya usado para crear esta armadura! —Y cargó hacia los señores de la guerra, que se dieron media vuelta y echaron a correr muertos de miedo.

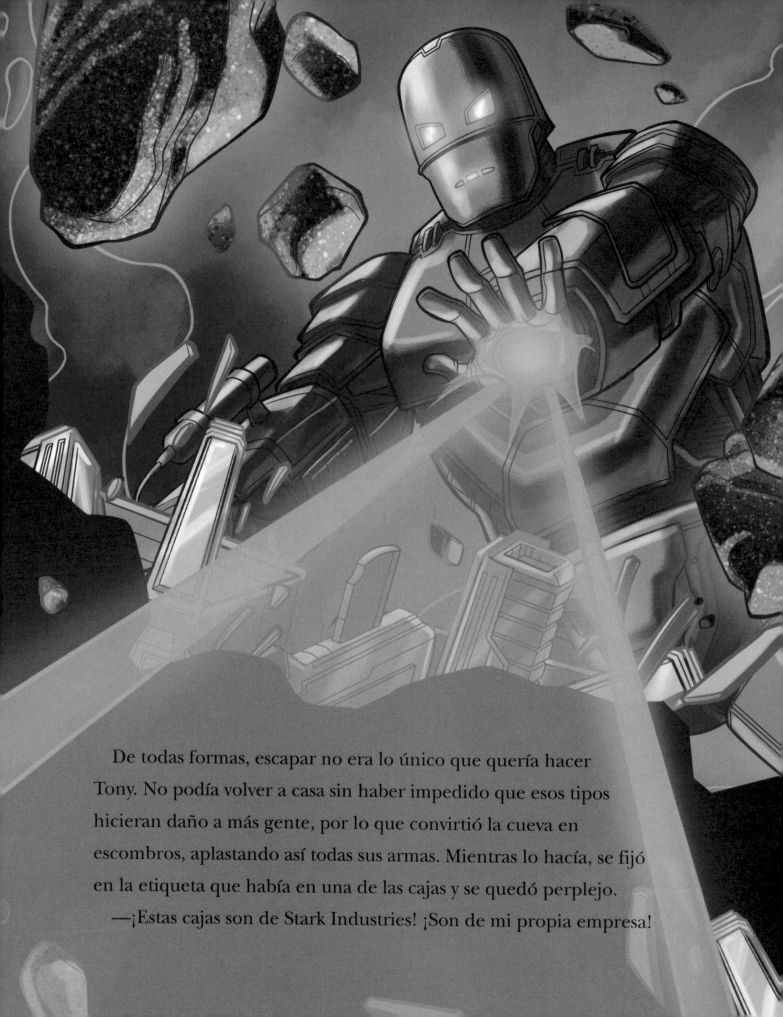

De todas formas, escapar no era lo único que quería hacer
Tony. No podía volver a casa sin haber impedido que esos tipos
hicieran daño a más gente, por lo que convirtió la cueva en
escombros, aplastando así todas sus armas. Mientras lo hacía, se fijó
en la etiqueta que había en una de las cajas y se quedó perplejo.

—¡Estas cajas son de Stark Industries! ¡Son de mi propia empresa!

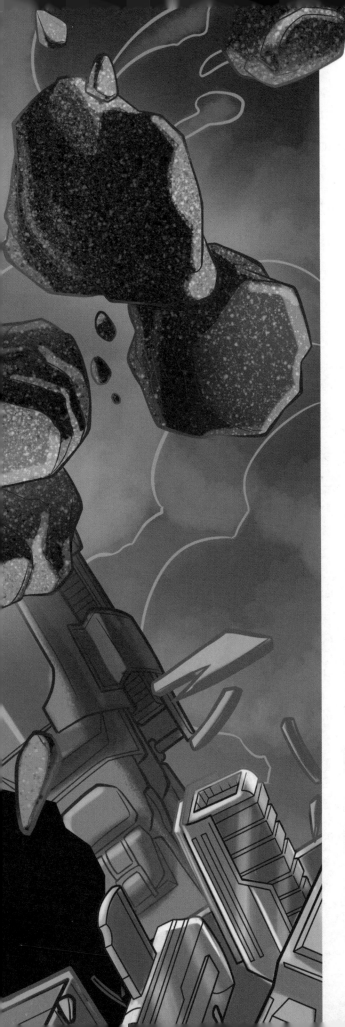

Tony se sentía avergonzado de que su trabajo lo aprovecharan los señores de la guerra. Sin embargo, junto a la vergüenza, Tony sintió algo nuevo. Solo fue una chispa, un atisbo de orgullo por haber conseguido, al menos en esta ocasión, quitar las armas a los malos.

Tony logró salir de la cueva, pero Yinsen no.

—Tú me has salvado la vida, Dr. Yinsen. No puedo seguir formando parte de algo que hace daño a la gente. Ahora tengo claro que mi trabajo fabricando armas ha hecho daño a muchas personas.

Al volver a casa, Tony hizo una promesa en público:

—Stark Industries no venderá armas a nadie nunca más. Y no solo eso —proclamó—, sino que voy a dar instrucciones para que todos los ingenieros y científicos que trabajan para mí, incluido yo mismo, nos pongamos a producir cosas para que el mundo sea un lugar mejor, más inteligente y más seguro.

Tony creía que no bastaba con dejar de fabricar armas nuevas, así que siguió trabajando en secreto para mejorar y rediseñar su armadura de Iron Man. De esta forma podría proteger al mundo de aquellas armas que él no pudiera capturar.

Tony siguió actualizando su armadura durante los siguientes años. Luchó sin descanso para conseguir que el mundo fuera un lugar seguro. Y con el tiempo, ¡acabó formando parte de los Poderosos Vengadores!

Tony Stark no sería recordado por el tiempo que pasó creando armas, sino que se hizo famoso en todo el mundo por su armadura roja y dorada. Todos empezaron enseguida a considerarlo un superhéroe: el Vengador Dorado. ¡Tony Stark era Iron Man, el hombre de hierro!

La caza de
Black Panther

A Kraven el Cazador le encantaba capturar animales salvajes. Lo único que le gustaba más que cazar era la fama que comportaba esta actividad. Sin embargo, un día, después de haber capturado una pareja de guepardos, Kraven no sintió la satisfacción que solía tras una caza exitosa.

Kraven anhelaba encontrar una nueva presa que le supusiera un verdadero reto. Pero ¿dónde encontraría un enemigo de ese calibre?

Unos días después, el *Daily Bugle* envió a Peter Parker a fotografiar
la conferencia anual para la Protección de Animales en Peligro celebrada
en la zona alta de Manhattan. El encargado de dar el discurso de apertura
no era otro que T'Challa, el dirigente de la nación africana de Wakanda.

Peter estaba emocionado ante la oportunidad de asistir en persona a un discurso de T'Challa. El rey era un soberano compasivo y un genio de la ciencia.

Pero T'Challa tenía un secreto. ¡También era el superhéroe Black Panther!

—A fin de preservar los animales de la Tierra —empezó el rey—, nuestro deber es luchar contra los cazadores furtivos.

Black Panther protegía a su país y al reino animal de los villanos usando su fuerza, velocidad y agilidad superhumanas. Uno de esos villanos era Kraven el Cazador.

En busca de un nuevo reto, Kraven sabía que esa conferencia era el sitio perfecto en el que encontrar su siguiente presa, ¡Black Panther! El villano atravesó la ventana, rompiendo los cristales en mil pedazos.

—¡T'Challa! —rugió—. Exijo una reunión con Black Panther.

T'Challa entrecerró los ojos.

—¡Black Panther nunca se someterá ante alguien como tú!

Kraven sonrió.

—Ya me esperaba un poco de resistencia.

Justo entonces, Kraven emitió un silbido agudo, ¡y dos guepardos se abalanzaron desde la ventana!

—¡Nadie saldrá de aquí hasta que Black Panther sea mío!

En medio del caos, el sentido arácnido de Peter Parker se había disparado como loco. Peter sabía que tenía que actuar con rapidez. ¡Ese sitio se estaba convirtiendo en un zoo!

Mientras tanto, las guardaespaldas
de T'Challa, las Dora Milaje,
intentaban poner a salvo al rey
wakandiano.

—Reservaos las fuerzas
—les ordenó—. Ha llegado
el momento de que actúe Black
Panther.

Black Panther se dio media vuelta ¡y vio que Spider-Man se le había unido!

—¿Qué haces aquí? —preguntó Black Panther.

—Yo también estoy encantado de verte —respondió Spider-Man, al tiempo que lanzaba una bola de telaraña al guepardo más cercano—. No te acerques. Ya he derrotado a Kraven antes. Puedo encargarme de estos gatos domésticos creciditos.

—¡No, Spider-Man! ¡Tienes que tener cuidado! —Black Panther intentó advertir al lanzatelarañas, pero ya era demasiado tarde.

—¡Caramba! ¡Qué lindo gatito!
—exclamó Spider-Man cuando
el animal agarró su telaraña
y se lanzó sobre él.

Black Panther, en una rápida
actuación, atrapó al guepardo antes
de que le hiciera daño a Spider-Man.

—Escúchame. Mis instintos
animales me dicen que estos guepardos
están aquí contra su voluntad.
Solo te atacarán si los provocas.

¡Sin embargo, Spider todavía
no estaba fuera de peligro!
Kraven arrojó una lanza al
lanzatelarañas, pero Spider
consiguió apartarse justo
a tiempo.

—Voy a calmarlos mientras tú
atrapas a Kraven —dijo Black
Panther a Spidey.

—¡Entendido! —respondió
Spider-Man mientras se
columpiaba hacia el balcón.

Black Panther contenía a los guepardos y, a la vez, les acariciaba la cabeza. Kraven había encontrado una forma de aumentar la agresividad de estos animales pero, por suerte, Black Panther conocía mejor la vida salvaje. Presionó con cuidado los puntos vitales de estos guepardos para eliminar su rabia.

—Esto debería tranquilizaros —dijo, mientras los acariciaba.

Con los guepardos bajo control, Spider-Man se dirigió hacia el malvado cazador.

—No eres más que un ser insignificante. No he venido aquí por ti, pero si tengo que capturarte a ti también, ¡que así sea! —dijo Kraven, y empezó a lanzarle dagas al héroe lanzatelarañas.

Por desgracia para Kraven, el fiable sentido arácnido de Spidey le sirvió para esquivar todos los ataques.

—¿Qué pasa, Kraven? —preguntó Spider-Man—. ¿Es que no puedes cazar ni a una arañita?

—Quizá sea mejor que te encargues primero de tu horrible olor, Kraven. ¡Puaj! ¿O es que no tienen duchas en la selva? —bromeó Spider-Man.

Cegado por la ira, Kraven no podía concentrarse en la lucha contra los dos superhéroes. Spider-Man utilizó con rapidez los lanzatelarañas para desarmar a Kraven, dando a Black Panther la oportunidad perfecta para atacar.

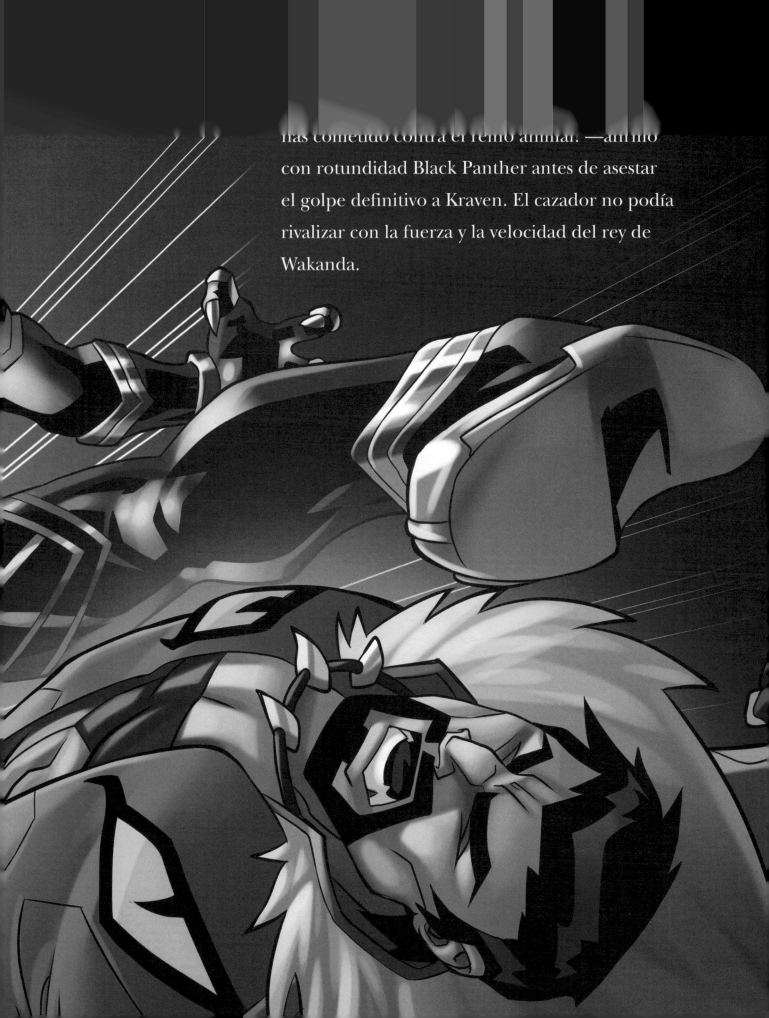

has cometido contra el reino animal! —afirmó con rotundidad Black Panther antes de asestar el golpe definitivo a Kraven. El cazador no podía rivalizar con la fuerza y la velocidad del rey de Wakanda.

Por fin Kraven había sido derrotado.

—Me han ganado una araña y un gato —masculló.

—¿Qué pasa? ¿No te gusta vivir en cautividad? —preguntó Spider-Man.

Black Panther se dirigió a la multitud de espectadores aterrados.

—¡Estáis todos a salvo! Estos majestuosos animales no son vuestro enemigo. Se merecen respeto y compasión. Y gracias, Spider-Man, por ayudarme a salvarlos.

Las amables palabras de Black Panther pillaron a Spider-Man por sorpresa.

—Caramba. Gracias, Black Panther. Quizá no sea un buen momento, pero ¿te importa si nos hacemos un selfi?

MARVEL
Señales confusas en Sapiencial

En Sapiencial, Drax se encontraba sumido en sus pensamientos.
Entró en uno de los almacenes y no se fijó en la encargada de
suministros que le sonreía.

—¿Adónde vas con esa cara, chiquillo? —le preguntó la encargada.
Drax dio un respingo, sorprendido. La encargada de suministros tenía
una pinta estrambótica. Casi no se la veía entre el batiburrillo
de máquinas, cables y dispositivos espaciales reciclados.
Incluso parecía estar cubierta
por ellos.

—No voy con ninguna cara —contestó Drax—. Y no sé por qué me llamas chiquillo si aquí la pequeñaja eres tú.

—¡Ja, ja! ¡Qué gracioso eres! —dijo la encargada—. Por cierto, me llamo Kaz.

—Kaz —repitió Drax—. Qué nombre más ridículo. Yo me llamo Drax.

La chica volvió a reír, pero esta vez Drax sonrió.

—Drax… me gusta el nombre —dijo Kaz—. ¿Eres de Sapiencial?

Drax recordó en ese momento que tenía cosas que hacer.

—Tengo que irme.

Kaz asintió, pero Drax detectó cierta desilusión en su mirada. Sin pensárselo dos veces, le preguntó:

—¿Quieres venir conmigo?

Kaz sonrió.

—¡Claro que sí!

Drax la llevó de vuelta a la *Milano*, disfrutando por el camino con la forma en la que se reía y por todo lo que decía.

Los demás Guardianes se sorprendieron cuando Drax les presentó a su nueva amiga.

—Yo soy Groot —dijo Groot, al tiempo que le extendía una rama a Kaz.

Rocket sonrió.

—A lo mejor puede ayudarme con alguno de mis artilugios.

—Encantada de conocerte —se limitó a decir Gamora.

Star-Lord no se mostró nada amable.

—A nadie le parece sospechoso —murmuró para sí mismo—. Como si no tuviéramos ya a gente rara intentando colarse en nuestra nave…

Justo en ese momento,
la señal de socorro empezó a pitar.

Star-Lord acudió a toda prisa a la consola
de comunicaciones, donde Rocket ya estaba interceptando el mensaje.

—Viene de alguna parte de aquí —explicó Rocket.

—Bueno, ¿de alguna parte o de aquí? —preguntó Drax.

—De alguna parte de Sapiencial —explicó Gamora.

En la mirada de Kaz se disparó la alarma. Star-Lord la miró con los ojos
entrecerrados.

—¿Por casualidad no sabrás algo de esto, verdad? —preguntó.

Justo entonces, una enorme explosión sacudió la *Milano* y provocó que los Guardianes y Kaz cayeran al suelo. En el exterior, todavía podían verse brasas encendidas y humo provocado por la explosión. Star-Lord se puso al frente de los Guardianes para salir a investigar lo ocurrido.

Star-Lord miró hacia arriba y vio a Iron Man, uno de los poderosos Vengadores de la Tierra.

—Bien —dijo Star-Lord. ¡Llegan refuerzos!

—Me parece que no ha venido a ayudar —dijo Gamora al ver que Iron Man se giraba y lanzaba una ráfaga de fuego contra un edificio—. ¡Está atacando!

—¡Yo soy Groot! —dijo Groot.

—Lo sé, amigo. Es un buen tipo —contestó Rocket—, pero ahora mismo está descontrolado.

—¡Por favor, haced algo! —gritó Kaz—. ¡Ahí vivo yo!

—¡Un momento! —dijo Star-Lord cuando los Guardianes se preparaban para el combate—. Tenemos que intentar neutralizarlo sin causarle daño.

—De acuerdo —dijo Gamora—. Hay algo que no encaja. Iron Man no haría algo así.

—¡Pues que alguien se lo diga! —gritó Rocket, mientras él y Groot saltaban a un lado para evitar que una explosión los alcanzara.

De repente se oyó una voz en lo alto.

—¿Queréis que os eche una mano?

Los Guardianes miraron hacia arriba y vieron que se trataba de Thor, el Poderoso Vengador.

—Caramba, ¿será que tengo telepatía? —se preguntó Rocket al tiempo que observaba maravillado a Thor.

—O a lo mejor estaba en una misión en Xandar y he oído la señal de socorro que habéis lanzado —contestó Thor.

—Hablando de eso… —dijo Star-Lord mientras disparaba una ráfaga hacia Iron Man, quien la esquivó con facilidad—. ¿Podéis ayudarme?

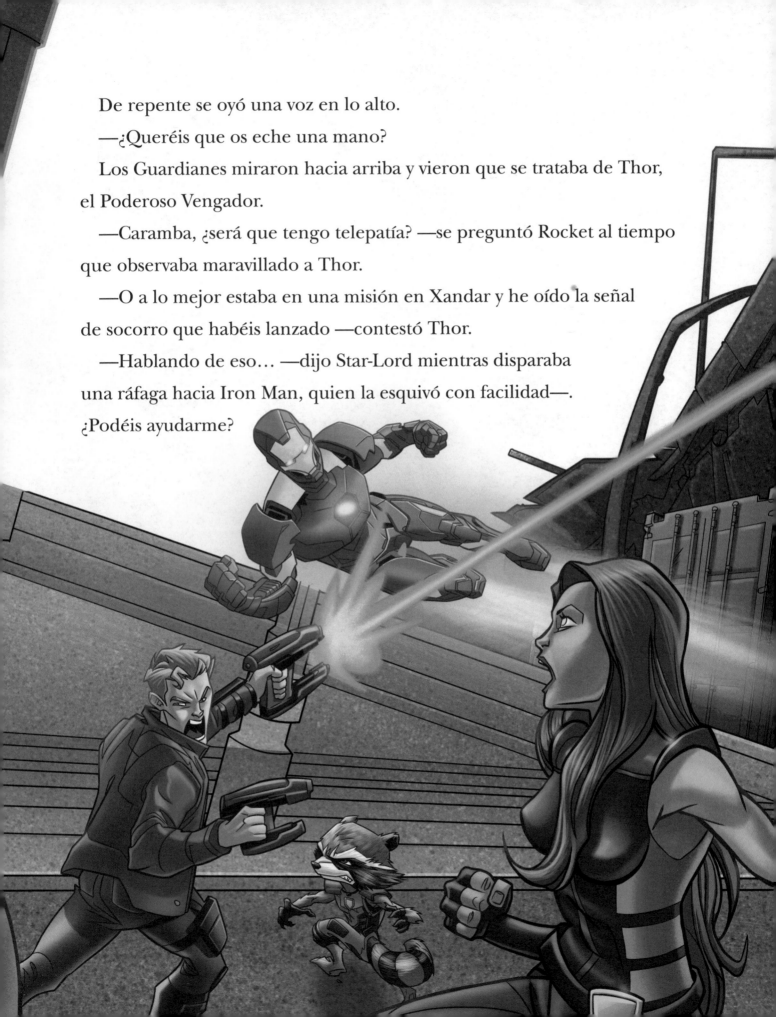

—Sí, claro —respondió Thor, centrando su atención en Iron Man—. Este comportamiento no es nada normal.

—Venga, ¿a qué esperas? —gritó Rocket, gruñendo de impaciencia ante la lentitud de la respuesta de Thor.

—Ahora verás —dijo Thor—. En tres… dos… ¡YA!

En ese momento, algo verde saltó desde un edificio detrás de Iron Man y se abalanzó sobre el Vengador descontrolado, haciendo que cayera al suelo.

—¡Hulk aplasta!

—Creo que conocéis a Hulk, ¿verdad? —dijo Thor, aterrizando junto al lugar en el que Hulk tenía inmovilizado a Iron Man.

—Yo soy Groot —dijo Groot.

—Mira quién habla —contestó Rocket—. Tú también tienes una pinta rara.

Gamora dio las gracias a Thor y a Hulk con un movimiento de cabeza.

—Gracias por la ayuda, pero ¿qué le pasa a Iron Man? —preguntó.

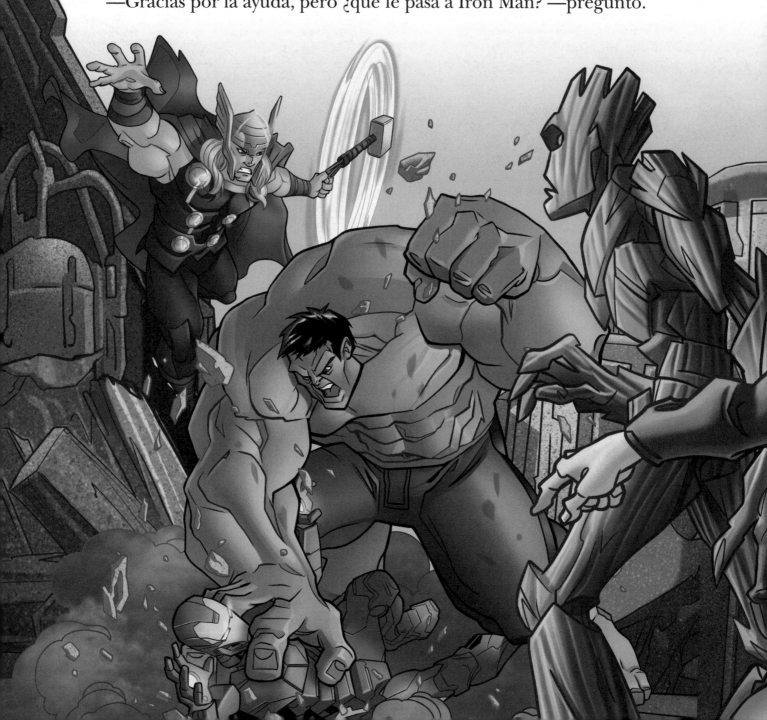

—¿Cuál es tu plan, eh? —preguntó Star-Lord a Kaz con un tono acusador—. ¿Es esto algún tipo de distracción?

Kaz estaba conmocionada.

—No… No sé de qué me hablas.

—Déjate de disimulos, niña —contestó Star-Lord—. Está claro que, de una forma u otra, estás detrás de esto.

Drax se plantó delante de Kaz en actitud defensora.

—¿Qué quieres decir? —preguntó a Star-Lord.

—No me creo que sea una coincidencia —replicó Star-Lord—. ¡Tu novia es mala!

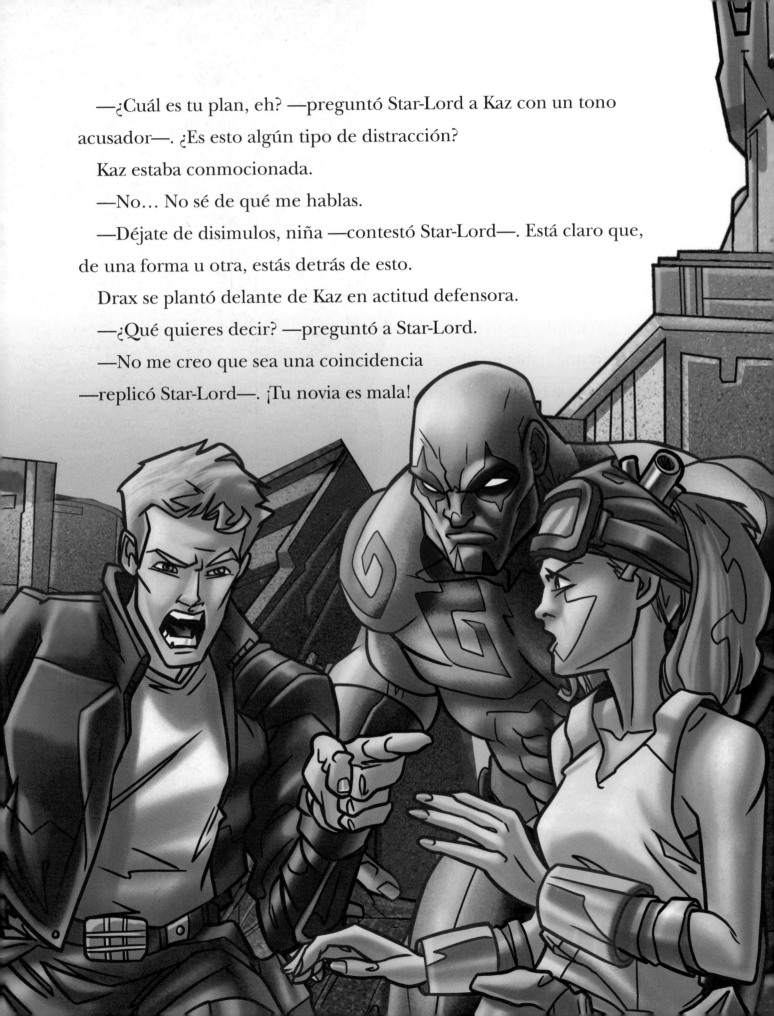

—Ejem… ¿Gente? —dijo Thor mientras se llevaba la mano a la oreja. Estaba recibiendo una llamada urgente por su comunicador—. ¡Es Tony Stark!

—Pero si estás hablando con Tony Stark, ¿quién es ese? —preguntó Gamora, señalando hacia el traje de Iron Man que había en el suelo.

—Solo hay una forma de saberlo —respondió Star-Lord, al tiempo que se agachaba para abrir el casco de Iron Man. No había nadie dentro—. El traje está vacío. Pero… parece que alguien ha manipulado su reactor ARC.

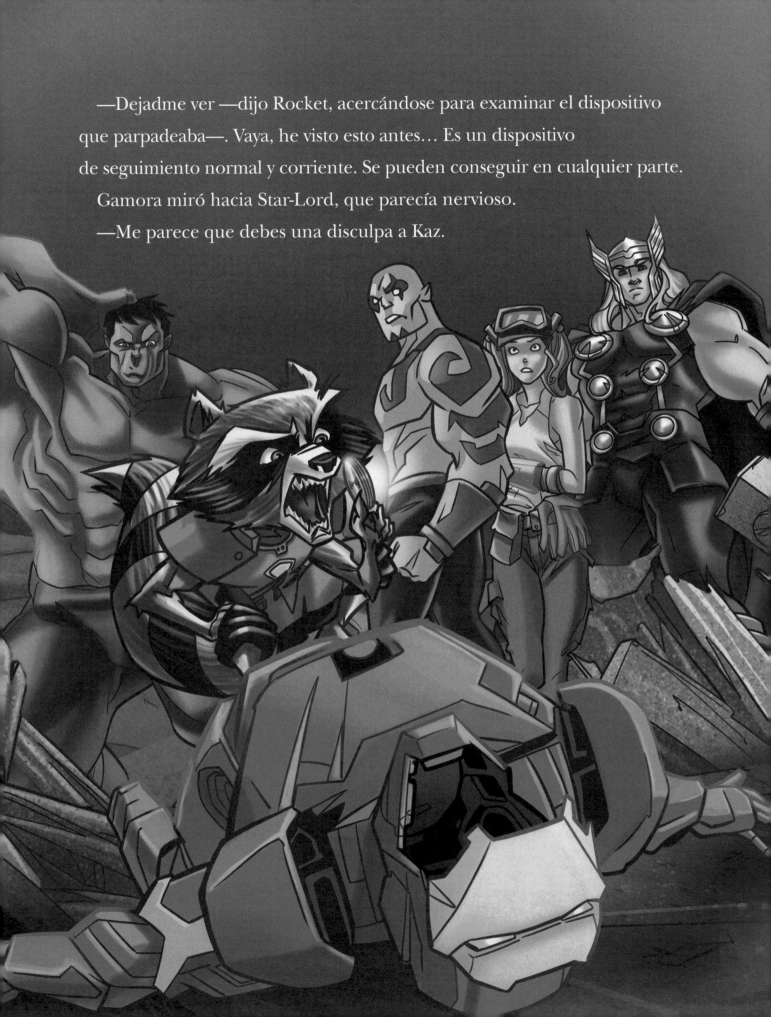

—Dejadme ver —dijo Rocket, acercándose para examinar el dispositivo que parpadeaba—. Vaya, he visto esto antes… Es un dispositivo de seguimiento normal y corriente. Se pueden conseguir en cualquier parte.

Gamora miró hacia Star-Lord, que parecía nervioso.

—Me parece que debes una disculpa a Kaz.

Star-Lord se giró hacia Drax y Kaz.

—Siento lo de antes —dijo—. No tendría que haberte juzgado tan rápido.

—No pasa nada —respondió Kaz con una sonrisa.

—Lo entendemos —replicó Drax, encogiéndose de hombros—. Estabas celoso.

Star-Lord gruñó:

—¡Qué va! ¡No estoy celoso!

Ultrón se hace viral

Sonaron las alarmas en la Torre de los Vengadores. La Tierra estaba en estado de emergencia. Había pasado algo horrible e incalificable, algo que nadie debería experimentar en su vida.

—¡Internet no funciona! —gritó Iron Man por encima del rugido de las alarmas. Había reunido a los héroes en el tejado de la Torre de los Vengadores.

Thor estaba desconcertado.

—¿Entonces los humanos no pueden ver vídeos de gatitos?

—Todos los sistemas vitales de la Tierra necesitan internet —dijo la Viuda Negra en tono grave—. Los hospitales, la red eléctrica, todo.

El Capitán América tomó la iniciativa.

—Hulk y Viuda Negra, poneos en contacto con la policía. Falcon, encárgate de los hospitales. Thor y Ojo de Halcón, vigilad para que no haya problemas. Iron Man, tú ven conmigo. ¡Vamos!

El Capitán América se dirigió a Iron Man.

—Tiene que haber alguien detrás de todo esto.

—Me he adelantado a ti, Capi —contestó Iron Man—. JARVIS ha realizado una búsqueda en profundidad en los servidores del mundo. Hay un nombre que ha aparecido varias veces: Ultrón.

—¿La Inteligencia Artificial malvada? —preguntó el Capi, conmocionado. Iron Man asintió.

—Supongo que ha liberado un virus en la red. Quiere destruirlo todo. La pregunta es: ¿cómo lo destruimos nosotros a él?

El Capitán América asintió.

—Tengo una idea.

Iron Man usó sus botas a reacción y el Capitán América se subió a su aeromoto para dirigirse hacia su destino.

—Sé que eres un genio, Tony —le dijo el Capi—, pero necesitamos inteligencia y potencia. Necesitamos a la Capitana Marvel.

—Me suena —dijo Iron Man—. ¿Quién es?

—Es la directora de Alpha Flight —contestó el Capi—. Es astronauta, mitad extraterrestre, y no retrocede ante nada. Ah, y vive en la corona de la Estatua de la Libertad.

Al llegar, encontraron a la Capitana Marvel alisándose el uniforme.

—Internet no funciona en ningún punto del planeta, y se ha montado un follón tremendo —dijo, sin molestarse siquiera en saludar—. Supongo que por eso habéis venido, ¿verdad?

—Ultrón ha esparcido un virus —explicó Iron Man, también sin rodeos.

La Capitana Marvel asintió. Lo entendió al momento.

—Yo me encargo. Os espero en el Cuartel General de Alpha Flight.

Buscó su comunicador oficial de Alpha Flight.

—Alpha Flight, preparaos para mi llegada.

La Capitana Marvel salió disparada sin casi darse cuenta de que el Capi y Iron Man intentaban alcanzarla.

—¿Cómo es posible que le funcione el comunicador? —preguntó el Capitán América, mientras él y Iron Man volaban detrás de la Capitana Marvel.

—Alpha Flight debe de haber puenteado el sistema de red tradicional, como JARVIS. No me sorprende nada. Alpha Flight está a la cabeza en tecnología —dijo Iron Man—. Bueno, después de Stark Industries, por supuesto.

El Capi sonrió.

—Por supuesto.

La Capitana Marvel miró por encima del hombro.

—¡Venga, daos prisa! —Los tres héroes siguieron volando a toda pastilla hasta llegar al Cuartel General de Alpha Flight.

Alpha Flight resplandecía con tecnología de última generación.

Científicos, astronautas, ingenieros y soldados corrían de un lado a otro.

El Capitán América y Iron Man contemplaron admirados cómo

la Capitana Marvel entró a toda prisa en la sala y empezó de inmediato

a dar órdenes.

—¡González! —exclamó. Consigue una canalización encriptada.

¡O'Connell! Inicia el protocolo de red ofensivo seis-uno-seis.

Iron Man observó cómo una serie de códigos se desplazaban por la pantalla del ordenador.

—Es un arma digital —explicó la Capitana Marvel al Capi—. Está buscando el virus de Ultrón.

En poco tiempo todo el mundo pudo ver que el plan estaba funcionando.

—¡Sí! —exclamó la Capitana Marvel frente a la pantalla.

—Ultrón sabrá de dónde procede la amenaza —le advirtió Iron Man—. Vendrá aquí para acabar con nosotros en persona.

La Capitana Marvel sonrió.

—Pues que venga.

¡BUUUM! En ese momento, la pared que había detrás del Capitán América saltó en mil pedazos. Ultrón apareció entre el polvo y el caos.

—Vaya, qué bonito —dijo—. Iron Man y el Capitán América creen que pueden frustrar mi plan maestro para destruir la civilización humana.

Ultrón agarró el escudo del Capi, pillándole desprevenido. Sin embargo, el héroe no iba a rendirse con tanta facilidad.

—Mala idea, tío.

Ultrón soltó una carcajada cuando el Capitán América se puso en acción. Levantó el escudo frente a Ultrón y le asestó un potente puñetazo. Pero Ultrón era demasiado fuerte. Agarró al Capitán América y lo lanzó al exterior del edificio a través del gigantesco agujero que había abierto en la pared.

El Capi colgaba de la fachada del edificio mientras Ultrón se daba media vuelta hacia Iron Man y el equipo de Alpha Flight.

—Rendíos, insignificantes humanos. Vuestros sistemas terrestres no tienen nada que hacer contra mí. ¡Nadie puede proteger ya a la humanidad!

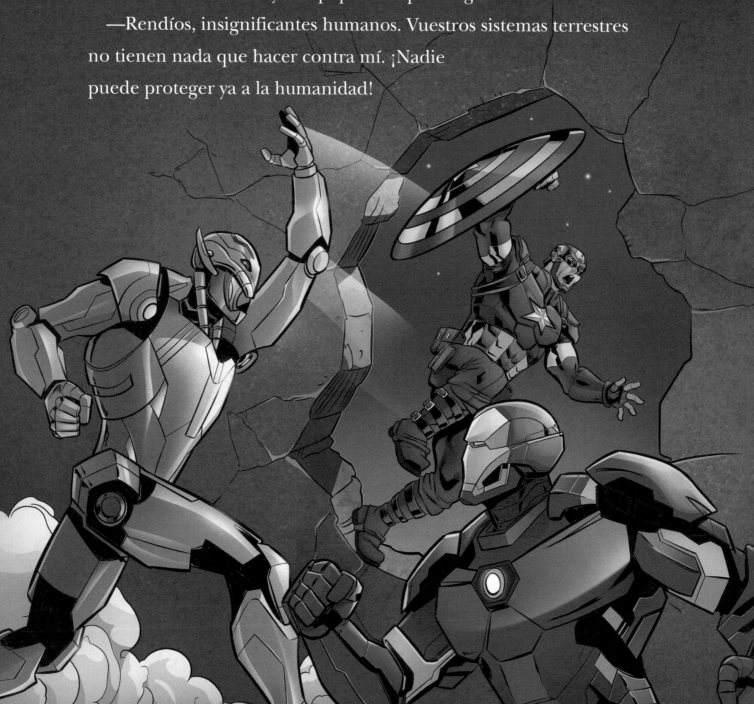

Fueron unas palabras aterradoras, pero entonces Iron Man se puso a reír.

—No conoces a la Capitana Marvel, ¿verdad?

Ultrón miró con desprecio a la Capitana Marvel.

—¿Te refieres a esta humana y sus patéticos amiguitos? ¡Voy a machacarlos!

La Capitana Marvel fijó la mirada en Ultrón.

A continuación, ajustándose los guantes, hizo un gesto de asentimiento hacia el teniente primero.

—Solo soy medio humana —le dijo la Capitana Marvel mientras el teniente pulsaba un botón en el que se leía EJECUTAR.

Ultrón entrecerró sus ojos robóticos.

—No me impresio… ¡Ay! —gruñó sorprendido cuando la Capitana Marvel le pegó un puñetazo en toda la cara.

La Capitana Marvel sonrió.

—Venga, montón de chatarra. ¡Vamos!

Ultrón la lanzó contra el suelo. ¡PLAF! Siguieron luchando por todo el Cuartel General de Alpha Flight mientras el resto intentaba ponerse a cubierto. En poco tiempo, los dos estaban magullados y agotados. Uno de los puñetazos más potentes que asestó la Capitana Marvel había dejado una gran marca en la mejilla de Ultrón.

—Me estoy empezando a aburrir —dijo la Capitana Marvel—.
Y como nuestro código ya se está acabando de ejecutar...

¡DING! anunció el ordenador.

—Allá vamos —dijo la Capitana Marvel, sonriendo con dulzura—.
Tu virus está frito, Ultrón. Y tú también.

La Capitana Marvel le dio un enérgico puñetazo.
El golpe fue tan potente que Ultrón atravesó la pared
y ¡salió disparado por el espacio!

—¿Qué me he perdido? —preguntó el Capitán América, apareciendo
por el agujero de la pared en el Cuartel General. La Capitana Marvel
y Iron Man se miraron y se echaron a reír. Tony tuvo que quitarse el casco
porque se ahogaba de la risa.

—Choca esos cinco —dijo Tony, alzando la mano.

—Internet vuelve a funcionar —dijo la Capitana Marvel mientras
chocaba los cinco con Tony—. Y Ultrón está fuera de juego.
¡Gran trabajo, héroes!

Tony sonrió.

—Lo siento, Steve, pero parece que los Vengadores tienen una nueva
capitana.